Laurent Gaudé

WIR, EUROPA

Laurent Gaudé

WIR, EUROPA

Fest der Völker

Aus dem Französischen von
Margret Millischer

edition.fotoTAPETA

Seit einiger Zeit scheint Europa vergessen zu haben, dass es aus Epen und Utopien hervorgegangen ist. Wenn es das seinen Bürgern und Bürgerinnen nicht mehr vermitteln kann, dorrt es aus. Allzu abgehoben, zu wenig greifbar, löst Europa oft nur noch enttäuschte Langeweile aus. Und doch ist seine Geschichte ein ständiges Brodeln. So viel Feuer, so viele Tote, doch ebenso viele Erfindungen und Kunstwerke. Vielleicht kann uns die Literatur daran erinnern, dass die europäische Erzählung eine Geschichte aus Muskel- und Lebenskraft ist, aus Wut und Freude. Vielleicht kann die Sprache der Literatur dieser Erzählung wieder die Überzeugungskraft und den Schwung verleihen, ohne die nichts gelingen kann.

Wer sind wir? Erben welcher Vergangenheit? Von welchen Sorgen gequält? Welcher Verbrechen schuldig und Träger welcher Utopien? Was wollen wir? Unser Kontinent hat Albträume Wirklichkeit werden lassen, seinen eigenen Völkern viel Leid zugefügt, aber auch der ganzen Welt das Licht der Aufklärung gebracht. Aus diesem Widerspruch bestehen wir. Leidgeprüfte Völker sind wir, seit jeher verstrickt in Rivalität, Handel, Tod und Begeisterung, und doch so unterschiedlich, dass die Entscheidung, uns zusammenzuschließen, in der Geschichte ein einmaliges Ereignis darstellt. Zu welcher Zeit und an welchem Ort wurde je schon ein vergleichbares politisches Wagnis unternommen: siebenundzwanzig Nationen, die beschließen, ein großes Fest der Völker abzuhalten?

Viele von denen, die uns vorausgegangen sind, wären überwältigt, angesichts der Ausdehnung des Gebietes, das wir geschaffen haben.

Ich denke an die Millionen Männer und Frauen, unsere Eltern, Großeltern und Vorfahren, die die schmerzliche Erfahrung der Grenzen am eigenen Leib verspüren mussten. Viele mussten flüchten, mitten in der Nacht alles zurücklassen, wurden von der Geschichte von einem Land in ein anderes verschlagen. Viele dieser „Grenzmenschen" haben ihr Land mitgenommen, wohin sie auch gingen. Das ergibt ein großes Volk, das zwei oder drei Sprachen spricht, sich an althergebrachte Gebräuche erinnert und weiß, was Chaos bedeutet. Vielleicht ist das das europäische Modell: ein leidgeprüftes Volk, das eine Antwort auf die Schikanen der Geschichte sucht und sie im Humanismus findet, an den es sich auf seinen Irrfahrten wie an einen Kompass hält.

Warum haben unsere Länder beschlossen, diese Gemeinschaft zu errichten? Für den Frieden. Doch darüber hinaus? Für den Wohlstand. Und darüber hinaus? Wollen sie sich am Ende auch nur die alten Dämonen der Nationen wieder zu eigen machen: Konkurrenzkampf und Herrschsucht? Können wir die europäische Einigung gar nicht anders denken als im Rahmen einer *translatio imperii*? Haben die europäischen Länder nach einer Zeit der Bedeutungslosigkeit nun wieder in der europäischen Einigung ein politisches Gebilde gefunden, durch das sie mächtiger sein können, erneut mit den Größten rivalisieren und zu altem Glanz zurückkehren können? Wir verdienen kühnere Träume und tollere Leidenschaften. Wir verdienen es, das Unmögliche beim Namen zu nennen und an seiner Umsetzung mitzuwirken.

Die Vergangenheit zeigt uns, dass wir nur sehr selten fähig waren, etwas anderes anzustreben als Vorherrschaft. Und doch hat die europäische Einigung nur dann einen Sinn, wenn sie uns Gelegenheit gibt, ein neues zivilisatorisches Ziel zu entwickeln. Nicht mehr ums Herrschen geht es, sondern darum, ein ganz eigenständiges Hoheitsgebiets des Lichts zu schaffen. Und – warum nicht – um eine Versuchsstation für die Verständigung der Nationen. Denn wir sollten uns nichts vormachen: Morgen werden andere Weltregionen den Entschluss fassen, sich zusammenzuschließen. Morgen werden die Nationen immer weniger klar voneinander abgegrenzt sein. Die weltweiten Herausforderungen bei Handel, Informationsflüssen, Umwelt, Energie, dem Verhältnis zur Tierwelt drängen uns zu dieser internationalen Verständigung. Wenn jede Nation beim Umgang mit den Rohstoffen nur an sich denkt, dann kann ein solches Denken nur zum Krieg führen. Das wissen wir, das haben wir allzu oft erlebt. In all den langwierigen Verhandlungen, der ständigen Notwendigkeit, immer eine Einigung zu finden, der Kunst zum Kompromiss, um einen lähmenden Stillstand zu vermeiden, ist Europa zur Versuchsstation dessen geworden, was die Menschen immer öfter praktizieren müssen, wenn sie sich global über die Erde und ihr Ökosystem Gedanken machen. Morgen werden wir diese ständige Verständigung auf die fünf Kontinente ausdehnen müssen. Morgen müssen wir untereinander ein umfassenderes Zugehörigkeitsgefühl entwickeln als zu unseren jeweiligen Ländern.

Alles vergeht. Eines Tages werden wir vielleicht sagen, wir wurden in einer inzwischen versunkenen Welt geboren. Die Zivilisationen der Bündnisse sind brüchig. Sie waren es immer. Meine Generation dachte lange Zeit, dieses Europa sei etwas ein für alle Mal Bestehendes, der feste Rahmen unseres Lebens, und erkennt nun erschrocken, dass sie womöglich die Generation sein könnte, die Europa zu Grabe trägt oder jedenfalls die ersten Anzeichen seines Endes miterlebt. Alle, die wie ich an dieses Abenteuer glauben, machen sich schuldig, wenn sie den Europa-Gegnern das Feld überlassen. Das heißt nicht, Enttäuschungen, Wut und Unzufriedenheit zu leugnen. Auch ich spüre sie, häufig sogar. Doch ich mache einen Unterschied zwischen der Wut, die man in politische Kämpfe umwandeln kann, und der prinzipiellen Ablehnung der großen Bewegung dahinter, die seit mehr als fünfzig Jahren ein Land entstehen lässt, das größer ist als unsere siebenundzwanzig Nationen.

Wir, Europa ist aus dem Wunsch heraus entstanden, dieses unser gemeinsames Epos zu erzählen, und zwar mit Leidenschaft. Bei Abschluss dieses Textes wird mir klar, dass er unvollendet ist. Nicht, weil ich mein Vorhaben nicht zu Ende geführt hätte, sondern weil er leider nur aus einer Stimme besteht, wo er doch vielstimmig hätte sein sollen. Beim Schreiben war ich darauf bedacht, möglichst auch auf die Gegebenheiten der europäischen Nachbarstaaten einzugehen, und musste doch während meiner gesamten Arbeit mit Bedauern feststellen, wie wenig ich von Geschichte und Geographie der sechsundzwanzig anderen Länder weiß und wie sehr diese Erzählung gegen meine Absicht, die eines Franzosen bleiben würde. So konnte ich die Distanz ermessen, die es zu überwinden gilt, um den Grundstock zu einer gemeinsamen Kultur zu legen. Wenn also *Wir, Europa* ein unvollendetes Poem ist, dann deshalb, weil es auf andere Stimmen aus Italien, Deutschland, Polen, Spanien … wartet, damit eines Tages vielleicht ein großer Text entsteht, der aus mehreren Feuern gespeist wird, die einander erhellen, aufeinander antworten und sich gegenseitig bereichern.

Bis es soweit ist, werde ich weiter durch mein Europa reisen. Dabei werde ich an dieses neue Zugehörigkeitsgefühl denken, das sich noch entwickeln und verfestigen muss, damit ich eines Tages auf die Frage „Wer bist du?" so antworten kann, dass die Wirren der Vergangenheit und die Hoffnungen der Zukunft miteingeschlossen sind – ganz einfach mit: „Ich bin Europäer".

Allen, die selbst in den Wirren der Geschichte aus tiefster Überzeugung das Wort „Europa“ ausgesprochen haben.

1

SO ALT SO JUNG

Sind wir alt?
Sind wir jung?
Wie alt sind wir wirklich?
Manchmal greisenhaft,
dann wieder jung beschwingt,
Erben so vieler angehäufter Jahre.
Lang versteinerte Sprachen und Kulturen,
Ablagerung von so viel Vergangenem,
vermischt, aufgetürmt, angereichert,
Schichten von Kriegen,
Handel,
Austausch,
Eroberungen.
Söhne und Töchter der Sedimente von Jahrhunderten sind wir.
Wie alt sind wir wirklich?
Grenzen haben sich verschoben,
Länder wurden größer,
Monarchien wurden gestürzt.
Ein langer Strom der Geschichte durchzieht uns,
verleiht uns die Dichte der Zeit.
Vielleicht sind wir das: alte Kinder,
erschöpft und zugleich voller Tatendrang.
Wer kann den Tag unserer Geburt genau benennen?

Im 19. Jahrhundert muss man danach graben.
In den Eingeweiden der Moderne,
Schrauben, Hämmer und Fieber,
aus diesem Fleisch, dieser Hektik bestehen auch wir.
Jahrhundert von Eroberungen und Schweiß,
Fortschritt und Ausbeutung.
Im 19. Jahrhundert muss man danach graben, denn es ist
wie wir:
Zu rasch hat es erfunden,
zu viel hat es gedacht.
In seinen schmutzigen Bauch muss man eintauchen,
den Schweißgeruch unter seinen Fabrikarmen riechen,
seine Stimme hören, heiser,
vom allzu lauten Schreien auf den Barrikaden.
Das 19. Jahrhundert, Jahrhundert von Taumel und Gier
schwankt zwischen zwei Welten,
wankt vor so viel Neuem und bedrohlichem Grollen.
An welchem Tag wurden wir also geboren?
Es gilt zu entscheiden, also sage ich:
Der 12. Januar 1848 in Palermo.
Etwas will auf die Welt an diesem fernen Tag,
etwas drängt heraus,
bis es die alten Kronen sprengt.
Etwas wird geboren,
zunächst noch rot und fratzenhaft.
Nach Gedärmen und Schweiß riecht es, doch es ist neu.
Palermo erhebt sich,
als erste Stadt ruft es den Frühling der Nationen aus.

Aus Unmut und Utopien wurden wir geboren.
Hört nur die Philosophen, die Aufrührer,
die Revolutionäre,
von einer Hauptstadt zur anderen ziehen sie.

Der Aufstand grollt.
In Sizilien bricht er aus,
von Paris wird er übernommen,
von dort springt er über in alle Hauptstädte.
Neue Wörter sind in aller Munde.
Schluss mit den Kaiser- und Königreichen.
Wörter, die man verstohlen weitergibt,
im Verborgenen, bei geheimen Treffen.
„Nationalismus"
„Unabhängigkeit,
Einigung und Freiheit".
Und auf einmal nimmt die Menge diese Worte auf,
in Mailand, Berlin und Paris.
Umstürzen will man die alte Welt,
die auf dem Wiener Kongress die Monarchen
wiedereinsetzte.
Zerschlagen das Machtgefüge Metternichs,
der die Ordnung der Freiheit vorzieht.
Länder wollen neue Namen haben:
„Italien"
„Deutschland".
Nichts kann die Völker aufhalten, wenn sie den Geist
der Philosophen übernehmen.
Man erträgt dieses Europa nicht mehr, restauriert,
verfestigt und arrogant,
das Europa der Bourbonen, Habsburger und Hohen-
zollern.
Seit einiger Zeit finden Bankette statt in Europa,
und wir wurden aus ihrem Geraune geboren,
aus der Leidenschaft der dort geflüsterten Worte,
die aber laut verkündet werden wollen.
1848 ist das Datum unserer Geburt,
und das macht uns zu Kindern der Barrikaden,

geboren aus einem Wirrwarr von Kisten, Karren, Fässern,
Palisaden und Gewehren …
Presst noch stärker,
es muss heraus,
und da nützt auch kein Stöhnen.
In diesen Tagen des Jahres 1848 entsteht Europa,
das Europa von Mazzini,
Friedrich Hecker und Gustav Struve,
das von Garibaldi, Lajos Kossuth,
Ludwik Mierosławski und Ledru-Rollin,
ein Europa der Nationen, denn Nation bedeutet damals
Befreiung,
den Sturz der alten Könige, herausgeputzt wie Marionetten
in ihren Kutschen.
Die Nation ist die Einheit eines Volkes in einer Sprache,
einer Kultur,
und die Dichter finden Worte für diesen grollenden Zorn,
Sándor Petőfi, Lamartine und Victor Hugo.
Der Name Verdi steht gar für die Einigung eines ganzen
Landes.
Die Romantik erobert Europa
und trägt die Energie der Rebellion in sich: Jugend!
Jugend!
Sind wir alt?
Jetzt nicht mehr.
Seht nur her: Europa erwacht, dehnt und streckt sich.
Ein schönes Gesicht hat es, zerzaustes Haar
und den Heißhunger eines Neugeborenen.

Eine Generation steht auf.
Allgemeines Wahlrecht,
Pressefreiheit,
Frauenstimmrecht,

Das Volk als König, damit Schluss ist mit dem König des Volkes.
All diese Ideen gingen von Mund zu Mund
und jeder hütete sie wie einen kostbaren Schatz.
Zwanzig Jahre später
sind sie immer noch da,
als die Staaten entstehen.
Europa nimmt Gestalt an und sucht sich,
fragt nach dem, was es will,
schüttelt die Königsmacht ab,
wendet sich ihr wieder zu
und verwirft sie erneut.
Von Berlin bis Paris,
von Wien bis Genf
dachten, träumten und kämpften sie,
gingen ins Exil nach London oder Brüssel,
kehrten in ihre Länder zurück,
flohen erneut durch ganz Europa.
Wie viele waren sie, die Mitglieder von Giovane Italia um Mazzini?
Hundert?
Tausend?
Giovane Europa,
Giovane Germania,
Giovane Ungheria,
Giovane Polonia,
Giovane – das heißt Aufbruch der Nationen.
Jugend!
Jugend!
Das brauchen wir jetzt,
dreihundert junge Leute,
fünfhundert vielleicht,
in jedem Land unserer Union,

die das Erbe der Carbonari wieder aufgreifen,
nicht an das Mögliche denken,
sondern an den Traum,
nach dem Ausschau halten, was noch nicht existiert,
versuchen, ihm einen Namen zu geben,
es danach wie ein Banner hochzuhalten.
Giovane Europa,
fünfhundert junge Leute pro Land,
das sind ein paar tausend Seelen,
doch es ist eine Bewegung,
eine Jugend, die miteinander spricht, sich trifft,
sich austauscht und mehr erhofft.
Das brauchen wir jetzt,
von einem Wunsch besessen,
unbeirrbar,
ehrgeizig,
mitreißend.
Giovane Europa,
nacheinander entstehen die Länder,
Belgien, Italien und Deutschland.
Glaubt nur nicht, dass man diese Geburten freudig
begrüßt,
sich über Gewicht und gesundes Aussehen der Säuglinge
freut.
Nichts ist einfach, wenn es um Völker und Grenzen geht.
Neugeborene verlangen nach ihrem Platz,
doch niemand will zur Seite rücken.
Also gerät alles aus den Fugen.
Man zieht sich an den Haaren,
unbeschwert nimmt man sich, was man will
und kämpft wie wild.

Ihr findet, wir leben in einer schwierigen Zeit?
Ihr spürt den Hauch der Geschichte und bekommt manchmal Angst
und fragt Euch, welches Fieber unsere Zeit erfasst hat?
Ihr seid erschrocken, wenn Unruhe auf einmal die Völker erfasst?
Denkt nur an Victor Hugo und sein Exil.
Denkt an Garibaldi, der den Atlantik überquerte und in Brasilien, Argentinien, Uruguay kämpfte,
den „Helden zweier Welten“, erschöpft von einem Leben voller Wunden,
der weiterkämpft bis ins hohe Alter, sogar noch in Dijon,
als er mit vierundsechzig Jahren nur noch mit Mühe auf sein Pferd kommt.
Es gibt keine friedlichen Zeiten.
Denkt nur an Friedrich Hecker,
1848 nimmt er in den Straßen von Baden teil an der Revolution, muss nach Amerika ins Exil und schlägt sich im Sezessionskrieg auf die Seite der Nordstaaten …
Denkt an all jene, die man Achtundvierziger nennt,
und die den Frühling der Nationen miterlebten.
Dann die Rückkehr der Könige
und schließlich die echte Unabhängigkeit,
all das im Laufe eines Menschenlebens.
Denkt an den Krieg des „schrecklichen Jahres“*,
als Europa sich zerfleischt und sich sucht.
Nizza und Savoyen wechseln das Land,
Elsass und Lothringen auch.
Europa will Grenzen, kann sie aber nicht finden,
stürzt sich in Kriege,
unterzeichnet Verträge, Abkommen, Treuebrüche,
unter dem wachsamen Auge des Osmanischen Reichs und Großrusslands.

Europa produziert,
konstruiert
und kämpft.
Doch es stirbt auch an Hunger
und wandert aus.
Die Iren sterben zu Tausenden, doch Queen Victoria bleibt ungerührt.
Die ersten Italiener brechen auf in die Vereinigten Staaten und ahnen nicht, dass sie jahrzehntelang an dem Neuen Koloss* vorbeifahren werden.
Länder winden sich in Krämpfen …
So viele Geschehnisse,
so viele Unruhen,
so viele zerstörte Schicksale …
Und Ihr findet, wir leben in einer schwierigen Zeit?

Welche Generation hat denn in größerer Ruhe und geringerer Gefahr gelebt?
Die beiden Jahrhunderte vor uns waren nichts als Wettkampf, Fieber, Angriffe und Revolutionen.
Menschenfresser waren die Jahrhunderte vor uns,
verschlungen haben sie den Mut und den Geist ganzer Generationen.
Und nun sind wir da,
wir,
mit diesen Wörtern, die sie uns als Vermächtnis hinterließen:
„Nation", „Gleichheit", „Freiheit".
Gelangweilt betrachten wir sie,
blasierte Bürger sind wir, und so lange schon.
Jugend!
Jugend!
Wir brauchen deinen frischen Schwung.

2

KOHLE LICHT

Jetzt, wo wir geboren sind, müssen wir auch essen.
Hitze, Reibung, Rauch,
das lässt uns wachsen.
Wälder, ganze Landstriche werden wir auffressen,
uns den Bauch vollschlagen mit dem Geist der Menschen
und ihrer Arbeit,
das Alte verschlingen und Neues aufbauen.
Gewaltiger Dampfstrahl.
In gebannter Stille erscheint unsere Welt.
Unglaublich wie ein Zaubertrick.
Hört nur genau hin,
hört Ihr das bis dahin unbekannte Stampfen?
Seht nur die Überraschung auf den Gesichtern der
Schaulustigen,
genauso sieht der Fortschritt aus.
Nichts wird mehr so sein wie früher.
Niemals wird die Welt sich zurückdrehen.
Eine Maschine ist jetzt da,
ganz neu,
Lebensformen kündigt sie an, von denen wir keine
Ahnung haben.
Spei aus den Rauch,
drehen, heizen, immer schneller!

Unermüdlich,
nie mehr müde …
Gut geölter Kolben, unaufhörlich,
Verbrennung, noch und noch!
Drehen und heizen,
schneller,
noch schneller!

Hellauf begeistert sind die Zeugen,
doch der Wettlauf hat erst begonnen.
Im 19. Jahrhundert muss man graben,
in seinen Eingeweiden zeigt sich unser Gesicht.
Aus seinem fruchtbaren Bauch wurden wir geboren.
Schätze und Fratzen birgt es in sich,
Hitze und Feuchtigkeit.

Dort fängt es an,
mit *The Rocket*,
am 15. September 1830,
der ersten Lokomotive, die Passagiere befördern kann.
Mit mehr als vierzig Stundenkilometern fährt sie
von Liverpool nach Manchester.
Eine Großleistung ist das, alle sind sprachlos.
Stephenson jubelt.
Ahnt er, dass Europa bald von Schienen überzogen sein wird?
Mit seiner Erfindung beginnt es
und mit allen, die plötzlich auftauchen.
Entdeckungen, Fortschritt, Veränderungen in dichter
 Folge,
Patente, die die vorangehenden verbessern
oder sie schamlos ausnützen.
Dinge tauchen auf,
die verrückt anmuten,

ein wenig sperrig,
seltsame Töne von sich geben.
Dinge, die ihre Erfinder vor einem ungläubigen Publikum
mit großer Geste bedienen.
Immer mehr Dinge.
Fruchtbares Herz,
Räderwerke,
Motoren,
Kolben.
Eine unerhörte Revolution.
Mechanischer Webstuhl,
Daguerreotypie,
Dampfmaschine,
Dynamo.
Hört nur, wie die Herren Watt, Gramme, Bell, Benz,
    Daguerre, Morse, Nobel und Colt
alle nur möglichen Anwendungen ihrer Erfindungen
    erklären.
Und es wird funktionieren.
Alles wird funktionieren.
Laufen wird es und heizen.

Ja, alles wächst jetzt schnell,
und unser kräftiger Körper fühlt sich imstande,
    die Erde hoch zu heben,
den Himmel zu umfangen,
die Nacht zu erhellen.
Überall wird nun geforscht,
und die Dinge überstürzen sich.
Dampf und Schweiß,
Heiß geht es her!
Dampf und Schweiß,
Schneller!

Europa hat schwarze Fingernägel und hochrote Wangen.
Heiß geht es her!
Der Wettlauf beginnt, und das Tempo nimmt zu.
Schon bald kommen Autos, Straßen- und U-Bahnen …
Dampf und Schweiß,
schneller, stärker!
Hü, Maschine,
Hü, kein Stehenbleiben mehr!
Alles wird heißer,
noch intensiver.
Die Kohle beherrscht die Welt, die gierig alles erproben, erforschen, verbessern will.
Hals über Kopf stürzt sich die Menschheit in die Produktion.
Dort fängt es an,
mit dem neuen, ständig gleichen, mechanischen Geräusch der Webmaschinen.
Entgeistert stehen die ersten Arbeiterinnen davor.
Verschreckt gehen sie durch die großen Hallen.
Wie wird ihre neue Arbeit aussehen, fragen sie sich.
Dass sie fortan im Takt der Maschinen leben werden,
von früh bis spät, wissen sie noch nicht.
Dort fängt es an.
Nicht Europa,
das reicht noch weiter zurück,
nein,
doch unsere Welt,
denn der zischende Dampf führt direkt bis zu uns.
Daraus wurden wir geboren,
Kinder der Industrialisierung
und der Herrschaft der Maschinen.
Als sich alles beschleunigt und die Menschen in Europa sich sagen,

die Welt sei eine saftige Frucht, die es auszupressen gilt.
Im Stakkato Lärm, der aus den Werkhallen in London,
Paris und Berlin dringt,
wird ein Wort dreimal pro Sekunde wiederholt.
Hört es nur:
Wettbewerb, Wettbewerb, Wettbewerb …

Hü!
Schneller muss es gehen,
weiter!
Mit gebanntem Blick auf die Nachbarn,
im Vorteil sein,
sich nicht abhängen lassen.
Derjenige sein, der aufklärt, beeinflusst, beherrscht.
Hü!
Rivalität als einzige Regel.
Freihandel nennt man das, das wisst Ihr doch?
Immer haben wir daran geglaubt,
Freihandel bis zur Überhitzung.
Kinder der Rivalität sind wir.
So alt ist sie wie die Nationen,
denn seit Anbeginn lieben unsere Länder nichts mehr,
als sich gegenseitig auszustechen.
The Great Exhibition of the Works of Industry of All Nations
Tretet nur ein!
Ihr werdet beeindruckt sein!
Alles ist bereit.
Tretet ein in den Crystal Palace von Joseph Paxton!
Vierhundert Tonnen Glas im Hyde Park,
viertausend Tonnen Metall,
schöne Stahlarchitektur, in der sich mehr als sechs
Millionen Besucher drängen.
Sechs Millionen sind es bei dieser ersten Weltausstellung,

von Mai bis Oktober 1851.
Das ist eine ganze Menge,
da machen viele Oh! und Ah!
Erstaunen,
Verwunderung,
Ungläubigkeit.
Da machen viele große Augen.
Offene Münder,
die Damen voller Ehrfurcht,
die Herren, die sich als Ingenieure gebärden und
versuchen,
ihren Begleiterinnen das Wie und Warum zu erklären.
Da diese nicht wissen, was sie sagen sollen, bringen sie
immer wieder
ihre „Nein, wirklich?“ … „Was, so viele?“ an.

Prinz Albert hatte eine geniale Idee:
Einen unbehauenen Block Kohle lässt er beim Eingang
aufstellen,
vierundzwanzig Tonnen schwer,
einfach so.
Monumental sieht das aus.
Vierundzwanzig Tonnen Kohle,
und es stimmt:
England weiß, dass es daraus seine Macht bezieht,
weiß, dass es damit die Welt von morgen entstehen lässt,
weiß, dass dieses Wort
„Kohle“
dem Jahrhundert seinen Stempel aufdrücken wird.
Es ist immer die gleiche Geschichte:
Ein Zeitalter wählt einen Rohstoff aus,
und kann nicht genug bekommen davon.
Europa ist aus der Kohle entstanden.

Die Städte, die wir bewohnen,
die Kriege, die wir führten,
die Dinge, die unser Leben begleiteten,
trugen lange Zeit diesen Namen: Kohle.
Alle wollen sie.
Graben muss man danach.
Kumpel mit schwarzen Gesichtern
in England, in Wales,
in der Wallonie oder in Polen,
der Vater wie der Sohn,
der Großvater wie der Enkel.
Schwarz im Gesicht auch die Frauen.
Schwarz vom Schrubben der Schmutzwäsche,
vom Ausleeren der Schüssel am Fußende des Bettes,
in die der Mann bei Nacht hineinhustet.
Ganze Familien mit schwarzen Gesichtern.
Die Fabriken arbeiten,
Braunkohle verschlingen die Maschinen,
Menschenleben fressen sie.
Ein Volk von stolzen Kerlen.
Ins Bergwerk einfahren, ans Tageslicht zurückkehren,
ein ganzes Leben, immer so,
am Fuß dieser Halden, die wie Mausoleen
für die Sich-zu-Tode-Hustenden aus dem Boden wachsen.
Abbauen muss man die Kohle, und das hört niemals auf,
denn in den Bergwerken gibt es keine Jahreszeiten.
Und ob man durch Schlagwetter oder an Staublunge
draufgeht, ist dann auch schon egal.
Schwarze, entstellte Gesichter.
Generationen, die sich abrackern.
Tot oder lebendig, am Ende weiß man es nicht mehr genau.
Ein ganzes Leben in den Eingeweiden der Erde,
damit andere im hellen Licht leben können.

Dieses Wort,
„Kohle“,
bedeutet: Die Welt ändert sich.
Langsam wie ein altes Tier verschwindet das Grubenpferd,
An seine Stelle treten kleine, flinke Karren, deren Zahnräder sich knirschend zum Licht emporarbeiten, beladen mit dem Schweiß der Männer.

Das sagt der Kohleblock von Prinz Albert:
Dass im Crystal Palace
vierundzwanzig Tonnen Vertrauen in die Zukunft liegen,
vierundzwanzig Tonnen Entdeckungen und künftiger Komfort.
Und mehr noch lagert unter der Erde!
Tausend und abertausend Tonnen,
unerschöpfliche Mengen an Bodenschätzen …
God save the Queen.
Denn so wurde die englische Krone zum ersten Kohleproduzenten.
Albert weiß nicht, dass ein Jahrhundert später,
vom 5. bis zum 9. Dezember 1952,
seine Urenkelkinder
in einer großen Nebelwolke
wie Schwindsüchtige husten werden:
The Great Smog.
In den letzten Novemberwochen war es sehr kalt.
Alle wollten heizen.
So kurz nach dem Krieg
ist die Kohle von schlechter Qualität
und kein Lüftchen weht.
Fünf Tage dichter Nebel.
Gelb-schwarz soll die Wolke gewesen sein.
Die große Maschine ist am Ende.

Ein Jahrhundert lang wurde gepumpt, gefördert,
verbrannt, verbraucht,
und auf einmal sieht man am helllichten Tag keine
zwei Meter weit.
The Great Smog.
Ein Jahrhundert später,
als Antwort auf den großen vierundzwanzig Tonnen
schweren Block.
Die Maschine kann nicht mehr.
Überhitzung in den Städten!
Entgleisung,
Erstickungsgefahr!
Und als der Smog schließlich verschwindet,
verweht von den Winden, die sich der Menschen
erbarmen,
lässt er mehr als zehntausend Londoner vergiftet zurück,
in den folgenden Monaten sterben sie an dem, was sie
eingeatment haben;
akute eitrige Bronchitis,
infektiöser Husten und blutiger Auswurf.
Kann Albert sie hören?
Hat jemand daran gedacht, einen Stein auf die Albert Hall
zu werfen,
aus Zorn darüber, dass man an der Kohle erstickt?
Nein.
Denn zwischen dem Smog, der die Straßen gelb färbt und
der schönen Weltausstellung von 1851, bei der die
Werte des Handels und der menschlichen Erfindungs-
kraft gefeiert wurden, gibt es für die Menschen des
Jahres 1952 keinen Zusammenhang.
Genau das sagte uns *The Great Exhibition,*
mit ihrer zehn Meter hohen Kristallfontäne, die die Damen
begeisterte:

dass der Freihandel eine Säule der Moderne ist,
dass der Handel zwischen den Nationen Reichtum hervorbringt
und dieser Reichtum auf alle herabrieseln soll,
sogar auf die Oliver Twists aus dem East End.
Nur, dass die Bergleute nie auch nur einen Tropfen dieses wunderbaren Rieselns abbekamen
und die Nationen sich nur zu einem bekehrten:
zum Konkurrenzkampf,
und zu sonst gar nichts.

Nach dir bin ich dran.
Jeder kommt an die Reihe.
Europa hat ein neues Spiel:
die Fortschrittsparade.
Nach dir bin ich dran,
und höher, größer, großartiger soll es sein!
In Paris geht es los,
alles muss fertig sein bis 1855.
Der Palast der Industrie wird erbaut.
Doch da wir in Frankreich sind,
der Mutter der Künste, der Waffen und so weiter,
öffnet man die Ausstellung auch für Künstler.
„Daran haben sie nicht gedacht, die doofen Engländer!" …
Also ruft man Courbet, Ingres und Delacroix,
glanzvoll soll es sein!
Nach dir bin ich dran.
Kaum ist Paris vorbei, will England schon wieder auftreten.
Nervöses Ping-Pong zwischen den Hauptstädten.
1862 London,
1867 Paris, dann Wien, dann wieder Paris, dann Brüssel.
Lass mich mitspielen!
Ich bin dran!

Größer, stärker!
Paris erbaut das *Grand Palais*,
Mailand feiert den Durchstich des Simplontunnels.
Immer noch die Eisenbahn,
man überquert die Alpen jetzt im Sitzen.
Barcelona, die Vereinigten Staaten, Australien,
Nach dir bin ich dran.
Alle möchten mitspielen.
Konkurrenz in allen Bereichen.
Am gierigsten von allen ist Paris,
fast jedes Jahr könnte es eine Weltausstellung ausrichten,
um sich reinzuwaschen vom Makel, nicht die Erste
gewesen zu sein.
In dieser Zeit wurden wir geboren, in der Zeit der Genies,
der frenetischen Betriebsamkeit,
der maßlosen Konkurrenz,
des paternalistischen Patriotismus.
Zeit der rußgeschwärzten Gesichter,
der hungernden Arbeitslosen.
Aus der großen Rivalität wurden wir geboren.
Jede Stadt wollte herrschen.
Jede Stadt wollte ihre Nachbarn zur eigenen Krönung
einladen.
Ein Eiffelturm wurde gebaut,
und eine Untergrundbahn durch die Hauptstadt
und ein Winterzirkus,
und alles strahlt.
Europa ist schnell unterwegs.
Alles läuft heiß!
Noch weiter gehen,
einen Vorsprung gewinnen,
noch mehr glänzen.
Auf die Rivalität kommt es an,

zwischen Paris, London und Berlin,
und sie ist erbarmungslos.

Wie sich die Städte verändern …
Mehr als alles andere sind wir vielleicht
Kinder des monströsen Wachstums der Städte,
die zur Welt werden,
Licht und Bühne werden sie
und unsägliche Elendsquartiere.
Das muss man sich vorstellen:
die stinkenden Viertel von Paris,
die großen Markthallen und der Gestank nach Fleisch
und kaltem Blut.
Überall muss man sich Pferde vorstellen,
achtzigtausend Pferde in Paris,
wie viel Jauche das ergibt!
Da braucht man Straßenarbeiter und Straßenkehrer,
mehr als sechshundert, nur für den täglichen Pferdemist.
Noch riechen die Städte nach Tieren,
Doch nicht mehr sehr lange.
Man hofft auf die Autos,
und schon spitzt Haussmann seine Bleistifte und zieht
schnurgerade Striche durch die Hauptstadt.
Immer noch kommen scharenweise Bretonen an der Gare
Montparnasse an,
zusammengepfercht leben Kinder in Häusern, in denen es
nach schlechter
Braunkohle riecht, und London stinkt.
Dieser Gestank bekam einen Namen:
The Big Stink.
Der Sommer 1858 war eine einzige Qual,
stinkend und stickig heiß,
sogar in den hohen Sälen Westminsters ringt man nach Luft,

und die Themse ist nur noch eine übelriechende Kloake.
Tote Tiere,
Abfälle aus den Schlachthäusern,
menschliche Scheiße
und in der Hitze verfaulender Unrat.
London stinkt
und erfindet die Kanalisation
Immer größer werden die Städte,
fressen sich ins Umland hinein,
verwandeln die Wiesen am Rand in Parkanlagen oder neue Wohnviertel,
erweitern ihre Zentren.
Eng zusammengepfercht so viele Menschen,
die plötzlich aufeinandertreffen,
die Nachbarn werden.
So viele Menschen erlernen das Zusammenleben auf engstem Raum.
Bauernaufstände kannte man ja schon,
wütende Massen mit Spießen und Mistgabeln.
Jetzt entdeckt man die Barrikaden.
Die Avenues müssen verbreitert werden, und Baron Haussmann macht sich an die Arbeit, damit die Polizei zu Pferd attackieren und die Ordnung wiederherstellen kann.
„Der Abrisskünstler", wie er sich selbst gerne nennt.
Einem Schachbrett soll Paris gleichen,
Stadtviertel müssen weg, in deren Gassengewirr der Pöbel haust,
rebellische Nester störrischer Narren.
„Sanierung" ist das große Modewort in den Salons,
und „Urbanismus", wobei man noch nicht recht weiß, was das heißen soll …
Die Stadt wächst und zieht Menschen an,

immer mehr Menschen …
Gedränge um die Bahnhöfe,
Stimmengewirr und fremde Akzente.
Riesig groß werden die Städte.
Die Glücklicheren arbeiten von morgens bis abends,
die anderen halten die Hand auf.
Schaut sie Euch an, die bettelnden Kinder von Fernand
Pelez,
Streichholzverkäufer,
von hohläugigen Bälgern umlagerte Mütter.
Die nackte Armut in den Arbeitervierteln
muss man sich vorstellen,
wo man mit so wenig auskommt,
und den Kutschen nachblickt,
die verächtlich klappernd in der Ferne vorüberrollen.

Schneller, stärker!
Hü, Maschine!
Noch schneller,
bis zum Geht nicht mehr!
Auf Hochtouren arbeiten die Fabriken.
Webmaschinen,
Hochöfen,
Lokomotiven.
Noch nie war ein ähnliches Grollen zu hören.
Und Menschen werden verschlungen …
Nicht nur Maschinen hat die industrielle Revolution
erfunden,
sondern auch das Proletariat und die Wut.
Alles findet gleichzeitig statt:
Victor Hugo und Karl Marx,
die großen Hungersnöte in Irland und das *Kommunistische
Manifest*.

Alle treffen sich, tauschen sich aus, setzen die Welt der
Ideen in Brand,
Engels, Proudhon, Blanqui, Garibaldi.
Alle fliehen, verstecken sich, müssen ins Exil.
Mitten in der Nacht muss Europa fliehen,
das Europa der Kommunisten,
der Anarchisten,
der subversiven Denker,
die ihr Leben dafür einsetzen, der alten Welt den Todes-
stoß zu versetzen.
Und alle Sprachen werden gesprochen,
unter allen Dächern findet man Unterschlupf,
heimliche Reisen und die Zeiten im Gefängnis zehren an
den Kräften.
Es rumort in Europa,
denn es hat Hunger
und spürt sehr wohl, dass das, was dieses Jahrhundert
gebracht hat,
sich nur von einem ernährt:
von der Arbeitskraft derer, die nichts haben.

Schneller, stärker!
Heizen, heizen!
Produktion, Verbrennung,
noch und noch!
Hü, Maschine, die die gesichtslosen Massen zermalmt,
hü, siedend heiße Dampfpumpe,
alles erhitzt und erregt sich.
Die Fee Elektrizität tritt ihre Herrschaft an.
Licht in den Straßen,
in den Köpfen,
überall Licht!
Ein halbes Jahrhundert Wettlauf,

Erstaunen,
Erfinden,
ein halbes Jahrhundert Ausbeutung.
Fortschritt und Rückschritt,
ein halbes Jahrhundert, in dem Europa ganze Schiffsladungen
von Menschen
Richtung Neue Welt ziehen lässt.
Ein halbes Jahrhundert Wohlstand und Elend,
aufstrebende Reiche und krachende Börsen.
Die Eisenbahn kommt und überzieht Europa mit ihrem
Schienennetz.
Sie beherrscht den Verkehr,
doch sie bringt auch die Krise.
1873 wankt die Börse in Wien
und bald auch die in Paris und Berlin.
Keine Liquidität mehr.
Und so geht es jetzt weiter:
von einem Krach zum anderen,
Überhitzung und Absturz.
Manisch-depressiv ist die Welt geworden.
In der einen Hand Elektrizität, in der anderen der Absinth.
Licht und Rausch
bis zum großen schwarzen Loch,
man spürt wohl, dass es kommt,
doch ausweichen kann man ihm nicht.
Zu lange schon steuert man darauf zu,
auf das große schwarze Loch,
wie auf sein eigenes Schicksal.
Hü!
Schneller,
stärker,
bis zum Grab!
Presst,

peitscht,
Schweiß und Dampf,
heiß muss es werden,
selbst im Abgrund!

3

DIE WELT AUFFRESSEN

Was wir gefressen haben, macht uns zu dem, was wir sind,
und jahrhundertelang fraßen wir die Welt auf.
Jedes Land wollte das erste sein
beim Run auf die Rohstoffe.
Das sein, das verkauft und nicht das, das kauft,
das, das entscheidet und nicht das, das erleidet.
Darum ging das Spiel. Jahrzehntelang.
Was taten wir, als wir an der Macht waren?
Wir fraßen uns voll,
und da unsere Länder zu klein waren,
erfanden wir die Kongokonferenz.
Auch später fand das Modell Verwendung,
abgewandelt nach Belieben:
Vier oder fünf Männer um einen Tisch,
eine Generalstabskarte ausgebreitet vor sich,
Whiskygläser und Aschenbecher – denn die Verhandlungsnächte könnten lang werden,
und ein Lineal, um Striche zu ziehen durch die aufzuteilenden Länder.
Das gehört dir,
das mir,
Städte,
Völker,

ganze Zivilisationen,
auf die eine Seite oder die andere,
das gehört dir,
das mir,
je nach Laune und Kräfteverhältnis.
1885 in Berlin sind sie alle da: Franzosen, Italiener, Engländer, Spanier, Belgier, Dänen, Holländer, Portugiesen, Russen, Norweger, Ottomanen, Amerikaner und die aus Österreich-Ungarn,
vor einem riesigen Teller:
Afrika,
größer als ihre Augen, ihre Mäuler und Bäuche,
doch das macht nichts.
Sie fressen ja nicht nur für sich,
für ihre Kinder und Kindeskinder fressen sie.
Für mehr als ein Jahrhundert Kolonialherrschaft fressen sie,
da lohnt es sich, sich an den Tisch zu setzen …
„Jede an der Küste angesiedelte europäische Macht kann ihre Herrschaft ins Landesinnere ausdehnen, bis sie auf eine benachbarte Einflusssphäre trifft.“
Das wird auf der Berliner Konferenz festgelegt.
Könnt Ihr Euch das vorstellen?
So ein Satz lässt viel Spielraum.
Die Flüsse gehören uns!
Also möglichst schnell flussaufwärts.
Fahrt los, bevor die anderen dort sind!
Die Handelskontore an den Ufern gehören uns!
Die Regel ist einfach: Solange es dort nur Schwarze gibt, gehört es uns.
Wer als Erster dort ist, gewinnt.
Macht Euch schnell auf den Weg!
Holt Livingstone und Stanley,
Oscar Baumann und Lenz,

Burton und Brazza.
Setzt die Tropenhelme auf,
verstaut die Koffer auf dem Schiff,
es ist keine Zeit zu verlieren!
Holt die Kapitäne Binger und Gouraud,
Voulet und Chanoine,
die alles töten, was sich ihnen in den Weg stellt –
sogar die Franzosen, die versuchen, sie aufzuhalten.
Schnell, los!
Der Wettlauf hat begonnen.
Alles gibt es zu holen: Kautschuk und Holz, Edelsteine, Kaffee, Kakao, Zucker, Pfeffer und all die neuen Gewürze.
Sucht nach Elfenbein für unsere Billardkugeln und Klaviertasten.
Rohstoffe, unverarbeitet und verarbeitet.
Luxusprodukte oder solche des täglichen Lebens.
Alles gibt es im afrikanischen Boden,
und in der Karibik und in Südamerika ebenso.
Nur organisieren muss man sich und als erster dort sein.

Die Nationen bedienen sich und Einzelne auch.
Ein ganzes Land für einen einzigen Mann, haltet Ihr das für unmöglich?
Wisst Ihr, wem der Kongo gehört?
„Privatbesitz des belgischen Königs."
Leopold II,
verflucht sei sein Name,
mit seinem schönen Bart
und seiner Offiziersnase.
Nicht „belgische Kolonie",
nein,
„Eigentum des Königs."

Leopold II.,
verflucht sei sein Name,
der Kongo ist sein Garten,
seine Spielwiese.
Und Leopold mag keine Hände,
verflucht sei sein Name,
jedenfalls nicht die der Schwarzen,
überflüssig kommen sie ihm vor …
Also lässt er sie abhacken,
in großem Stil.
Für jeden afrikanischen Arbeiter, der nicht genug
Kautschuk abliefert oder davonläuft,
für alle Faulen, Widerspenstigen,
immer die gleiche Strafe:
Abhacken! … Abhacken! …
Ihr findet das abscheulich?
Und doch gibt es Statuen von Leopold II.,
da und dort,
verflucht sei sein Name,
auf der Place du Trône in Brüssel,
auf der Place Wiertz in Namur,
eine Avenue in Paris, die zur Place Rodin führt, ist nach
ihm benannt.
Leopold mit den blutroten Händen,
den Mark Twain* verfluchte, doch das war nicht genug,
den Arthur Conan Doyle** verfluchte, doch das war nicht
genug.
Der Kongo war sein Privatbesitz,
aus, Schluss, keine Widerrede.
Seine Einflusssphäre, wie es heißt.
Auch andere gibt es noch,
um die Massaker zu trainieren,
den menschlichen Schweiß auszubeuten.

Jedes Land hat seine.
Deutschland sammelt seine Erfahrungen in Namibia,
schickt Lothar von Trotha dorthin,
          verflucht sei sein Name,
hatte er doch den Boxeraufstand niedergeschlagen.
Völker unterjochen, das kann er,
und genau das soll er nun wieder tun,
und alle lässt das vollkommen kalt.
Mit den Hereros muss aufgeräumt werden.
Lothar von Trotha,
          verflucht sei sein Name,
unterzeichnet einen *Vernichtungsbefehl*,
Klingt das nicht eigenartig?
Erinnert Euch das nicht an etwas?
Vernichtungslager.
In Namibia wird trainiert,
sage ich Euch.
Und es funktioniert.
Lothar von Trotha,
          verflucht sei sein Name,
schreibt übrigens Folgendes:
„Innerhalb der Deutschen Grenze wird jeder Herero mit oder ohne Gewehr erschossen, ich nehme keine Weiber und Kinder mehr auf.“
Erinnert Euch das nicht an etwas?
Nicht ein einziger,
kein einziger darf übrigbleiben.
Tabula rasa.

Und Göring, dieses Scheusal,
Hermann Göring,
          verflucht sei sein Name,
hatte einen Vater,

Heinrich,
der auch nach Namibia entsandt wurde.
Bestimmt konnte er seinem Sohn schöne Geschichten
erzählen.
Zwischen der grausamen Unterwerfung Afrikas,
der maßlosen Ausbeutung seiner Bodenschätze,
dem ständigen Missbrauch der Macht,
der grenzenlosen Überheblichkeit,
und dem, was folgt, besteht ein Zusammenhang.
So viele Männer, dorthin entsandt als allmächtige
Schweinehunde,
gewöhnten sich daran, wie kleine Tyrannen zu herrschen,
nach Lust und Laune zu vergewaltigen,
völlig unbehelligt zu morden,
sich als Herren aufzuspielen.
So viele Männer, die so viele andere versklavten,
sahen darin nicht einmal etwas Böses …
Vernichtung
Das Wort ist in den Boden gepflanzt
und wächst und wächst.

Kennt Ihr die Einflusszonen?
In Indonesien und Surinam: die Niederlande.
In Westafrika, Indochina und im Maghreb: Frankreich.
In Angola: Portugal.
In Äthiopien: Italien.
Mussolini beauftragt Pietro Badoglio, Giftgas bei den
Armeen des Negus zu erproben,
verflucht sei sein Name, seien ihrer beider Namen.
Er nimmt Addis Abeba ein und überzieht das Land mit
Wolken von Senfgas,
die völlig wahllos Krieger,
Vieh und Kinder töten.

Rodolfo Graziani,
verflucht sei sein Name,
„Vizegouverneur der italienischen Cyrenaika“
„Vizekönig von Italienisch-Ostafrika“,
der seinesgleichen sucht beim Niedermetzeln von Rebellen.
Sogar Omar Mukhtar, den Löwen der Wüste, besiegt er
und lässt ihn aufhängen wie einen gemeinen Verbrecher.
Der Tod ist nicht gerecht:
Graziani,
verflucht sei sein Name,
überlebt ein Attentat in Addis Abeba.
Warum will der Tod ihn nicht?
Fürchtet er, sich die Hände schmutzig zu machen?
Doch Hunderte von Äthiopiern nimmt er mit, die zur
Vergeltung umgebracht werden.
Es gibt da ein Europa der großen Bestien
in Uniform,
die frühmorgens die afrikanische Landschaft betrachten,
und überzeugt sind, für das Vaterland zu handeln.
Franco,
verflucht sei sein Name,
lernt sein Handwerk in Marokko.
Als er im Rifkrieg gegen die Mauren kämpft,
war er womöglich überzeugt, das Werk von Isabella der
Katholischen fortzuführen.
Und sogar die vorbildlichen,
die großen Soldaten,
wie Gallieni,
spielen sich in den Kolonien auf wie der Gottseibeiuns,
und fühlen sich vom Lärm der Eingeborenen gestört.
Es ist also nicht der eine oder der andere,
ob bedächtiger oder blutrünstiger,
das Wesen des Kolonialismus macht sie zu Unmenschen.

Gallieni kommt nach Antananarivo,
um dort „die Ordnung wiederherzustellen“.
Und Madagaskar blutet.
Man erschießt ohne Prozess,
man zeigt seine Stärke,
man bringt den Pöbel um, der dagegen rebellieren könnte.
Und als wieder Ruhe einkehrt,
als die Insel fassungslos feststellt, dass sie umgebracht wurde,
baut man Schulen und Krankenstationen,
zur Versorgung der Kinder, die man gerade zu Waisen gemacht hat.
Kaltblütig, sage ich Euch,
übt Europa sich im Unterjochen.

4

WIR SCHLAFEN NICHT MEHR

Seit wann findet Europa keinen Schlaf mehr?
Wann hat es begonnen, angespannt zu horchen?
Seit wann ist es unruhig,
wird von Alpträumen geplagt?
„Es ist weniger Schlaf jetzt in der Welt.“[*]
Hört sie Euch an, die Stimme von Stefan Zweig,
Sohn einer Kultur, die es bald nicht mehr geben wird.
Die Welt kann nicht mehr schlafen,
alles ist nur noch Getöse, blanke Nerven und grelle Farben.
Unter den Fingern der Maler bebt es.
Der Mensch ist ein blauer Reiter.
Die Brücke,
Der Blaue Reiter,
unruhige Formen,
verrenkte Körper,
aufgerissene Münder,
Farbenpracht in Rot, Grün und Schlaf raubendem Blau.
Alles ist Unruhe,
und die Welt spricht immer öfter im Regimentston.

Angaben zur Person?
Tauglich oder untauglich, das ist alles.
Staatsangehörigkeit?

Verbündeter oder Feind, sonst nichts.
Beruf?
Soldat oder Arbeiter, das genügt.
Ein neues Zeitalter bahnt sich an.
Mit Familienvätern, Brüdern, Liebhabern kann es nichts anfangen,
nichts mit Gefühlen, Taschentüchern und den Versprechen, bald zurückzukommen.
Männer braucht es, massenweise Männer.
Nur einer von vielen zu sein, daran wird man sich gewöhnen müssen,
in den Fabriken
oder beim Militär.
Truppen, Massen, Regimenter.
Das Zeitalter des kleinen Mannes bricht an.
Der unscheinbare kleine Mann,
der seinem Nachbarn in allem gleicht.
Der kleine Mann, groß nur durch sein Leiden,
und dadurch, was er ertragen kann.
Das wird gebraucht.
Viele müssen es jetzt sein
und diszipliniert noch dazu.

Mit der Sturmglocke in den Dörfern beginnt es.
Die Generalmobilmachung verkündet sie
und lässt alle erstarren.
Und ist es auch nur ein dünnes Gebimmel,
so spürt man doch, es birgt viel Blut in sich …
Dann das Klappern der Pferdehufe in der Nacht
auf dem Kopfsteinpflaster,
wenn die Regimenter an die Front reiten.
Fassungslos sieht man so viele Söhne vorbeiziehen,
alle so jung,

so schön in den Nächten des Aufbruchs.
Im Kugelhagel geht es dann weiter.
ja, der Kugelhagel,
so musste es ja kommen.
Prahlereien,
Drohungen,
Verwünschungen,
darauf lief es hinaus.
Die Truppen an der Grenze zusammenziehen
und die Regimenter abschreiten,
darauf lief es hinaus.
Die Granatenproduktion erhöhen
und Schlachtszenarien ausarbeiten,
darauf lief es hinaus.
Hat man dann mit geschwellter Brust die Truppen gezählt,
dann muss man sich wohl die Köpfe einschlagen.
Also geht es los.

Richtet die Kreuze auf, auf den riesigen Feldern.
Mehr,
immer mehr.
Richtet die Kreuze auf,
bringt Tafeln an,
errichtet Statuen:
Gefallen für Frankreich auf dem Felde der Ehre,
Ruhm dem Vaterland und so weiter …
Richtet sie nur auf,
richtet sie auf,
es werden viele gebraucht,
denn der nächste Krieg
wird ein Weltkrieg sein.
Von weit her kommen sie, um hier zu sterben.
Poliert die Särge,

schaufelt die Gruben,
viel mehr werden gebraucht, als ihr Euch vorstellen könnt.
Nebeneinander,
eng nebeneinander.
Meißelt die Namen in den Marmor,
noch mehr Namen,
unendlich lange Listen von Namen.
Statuen müssen her,
Denkmäler,
Schweigeminuten,
um den Geopferten die letzte Ehre zu erweisen.
Schaufeln müssen her,
um all die Leichen zu begraben, die das Jahrhundert
 auffressen wird.

Und dann beginnt es.
Noch nie hat man so etwas gesehen:
Zusammenprall von Erde und Stahl,
Metallgewitter, das Menschen und Bäume zerfetzt,
die Erde umwühlt,
den Tag zerreißt
und die Nacht betäubt.
Mit dem Kanonendonner beginnt es,
und es endet mit dem Stöhnen der Sterbenden,
Schluchzen, Gemurmel, Gegurgel,
leise Geräusche von Angst, Erschöpfung, tierischer
 Verzweiflung beinah.
In den Lazarettzelten spritzt das Blut,
von überall her rinnt es,
sickert es durch,
wohin man auch tritt, alles voll Fleisch.
Zum Saubermachen zwischen zwei Verletzten ist keine
 Zeit mehr.

Man amputiert so schnell wie möglich.
Im Gestank des verbrannten Fleisches wird gebrüllt,
bevor man ohnmächtig wird
oder stirbt.
Abgeschnittene Beine, Arme und Hände bleiben zwischen
den Fingern des Chirurgen, der einen Moment lang
zögert,
es gar nicht fassen kann, was er seit dem Morgen alles
abgesägt hat,
und wie erstarrt da steht,
nur einen Augenblick lang hält er inne,
„Herr Doktor? …"
„Herr Doktor? …"
Die Krankenschwester ruft ihn, zupft ihn am Ärmel,
er muss sich wieder fangen,
andere stöhnen doch, warten, verbluten,
„Herr Doktor? …"
Da schreckt er auf,
sieht die leidenden Leiber wieder vor sich.
Der nächste Verwundete wird schon gebracht
und auf den Tisch gelegt
und rinnt aus und schreit.
Nie und nimmer war er darauf vorbereitet worden,
so viel abzubinden, abzuschneiden,
nie und nimmer,
und was er gerade ist, weiß er nicht,
Arzt
oder Wächter der Unterwelt.
Er weiß es nicht,
doch seine Hände wiederholen dieselben Gesten,
und die Verwundeten schluchzen oder fallen in Ohnmacht,
schluchzen oder fallen in Ohnmacht,
schluchzen oder fallen in Ohnmacht.

Oh Gott,
wo bist du?
Schluchzen oder fallen in Ohnmacht …
Vorbei die Ruhe der Nacht,
vorbei die geregelte Abfolge von Tag und Nacht,
vorbei der feste Schlaf der Bauern.
Vorbei,
zu jeder Stunde wird getötet,
und tötet man gerade nicht, lebt man in Sorge,
und das hält wach.
Wir kauern in unseren Löchern,
wir lauschen gespannt,
wir entleeren uns vor Angst im Gestank von Scheiße und
mit Magenkrämpfen.
Und wir beten.
Viele von uns beten,
denn man kann ja sonst nichts tun,
und was soll's, wenn die gegenüber auch beten.
Wer am meisten betet, gewinnt.

Vater unser der du bist im Himmel gib uns die Kraft zu töten Mach uns stärker als unsere Feinde Aus der Tiefe des Abgrunds Wir sind so klein Und wir rufen Tag und Nacht zu dir Herr Du musst uns doch hören Vater unser im Himmel verschließ deine Ohren unseren Feinden gegenüber auch wenn sie beten Sie können es nicht so inbrünstig tun wie wir Vater unser befrei uns vom Blut durch den Sieg Gegrüßet seist du Maria voller Gnaden Gegrüßet seien alle Heiligen wenn sie mir nur zu Hilfe kommen und mir die Kraft geben aufzustehen zu laufen und schneller zu schießen als der der auf mich zielt Heilige Maria Muttergottes jetzt musst du uns retten Jetzt denn der Tod frisst uns auf Gefräßig ist er Heilige Mutter der Abgeschlachteten Nur du

kannst uns retten Vater unser im Himmel oder anderswo
Erbarme dich wo auch immer du bist Hab Erbarmen

Gemetzel,
Gemetzel.
Noch nie hat die Erde so nach Blut gerochen.
Die von Lüttich werden fallen,
und alles kann beginnen.
Die wallonische Stadt wird angegriffen, hält eine Zeitlang
stand und gibt schließlich auf.
*„Die, die für die Welt gestorben sind, dort in Lüttich"**
haben das Gemetzel nur um ein paar Tage hinausgezögert.
Doch es kommt, mit Riesenschritten rückt es heran.
An einem Tag,**
nur zwanzig Tage nach Kriegsbeginn
sterben fünfundzwanzigtausend Franzosen
in der Nähe von Charleroi,
in einem Stahlgewitter.
Wer kann danach noch schlafen?
Wer kann noch träumen, wenn er das überlebt hat?
Ein Kontinent stürzt sich in den Abgrund.
Gemetzel,
Gemetzel.
Amoklauf der Nationalstaaten,
Moloch, der die europäische Jugend verschlingt,
Fressgelage mit Menschenfleisch,
Orgie mit Menschenleben,
Unmengen krepieren
mit achtzehn oder zwanzig Jahren,
das Leben vor sich, nicht einmal mit den Fingerspitzen
haben sie es berührt,
jungfräulich sterben sie,
manche fast noch bartlos.

Wer kann in Belgien noch schlafen?
An der Somme,
in den Ardennen
oder an der Ostfront?
Wer kann in den Schützengräben schlafen?
Stahl fällt vom Himmel.
Tausende von Granaten
zerfetzen den Erdboden im Minutentakt,
treiben die Menschen in den Wahnsinn,
Sturm,
Gewitter,
Sintflut,
die Worte fehlen für das pausenlose Trommelfeuer,
das nur das Leben vernichten will,
jegliches Leben.

Ypern steht bei uns für das schreckliche Husten.
Bolimów hätte es eigentlich sein sollen.
Als General August von Mackensen,
verflucht sei sein Name,
befiehlt, achtzehntausend Xylylbromidbomben
auf die russischen Linien abzuwerfen.
Doch die Geschichte will diesen Tag nicht,
in der Kälte gefriert das Gas,
und die Winde zerstreuen die Wolken.
Die Geschichte wartet auf Ypern, knapp drei Monate
später kommt es dran.
Am 22. April 1915
versuchen es die Deutschen von Neuem.
Und diesmal gelingt es.
Das Gas verteilt sich,
dick, ölig, orangefarben.
Bald gibt man ihm einen Namen: Yperit,

nach dem Ort, an dem es eingesetzt wurde, nicht zum
ersten Mal,
aber zum ersten Mal mit Erfolg.
Husten, kotzen, sterben.
Das Gas verpestet die Front.
Husten, kotzen, sterben.
Man konnte schon ahnen, eine Waffe mit Zukunft
war das …
Fragt nur Lothar von Trotha, der es in Namibia erprobte,
oder Pietro Badoglio, der es in Äthiopien einsetzte,
fragt nur die Engländer, die Pikrinsäure in den Buren-
kriegen verwendeten.
Dass es großflächig tötet, hatte man schon gesehen,
doch noch nie in Europa.
Ypern steht für die Toten ohne Wunden, mit weit auf-
gerissenen Augen,
die durch den Mund atmen wollen, der sich zusammenzieht.
Je mehr sie einatmen, umso eher sterben sie.
Und je mehr sie spüren, dass sie sterben, umso mehr
wollen sie atmen.
Ypern steht für die Wissenschaft im Dienste des Todes,
für all die deutschen, englischen, französischen Chemiker,
die experimentierten, die ihre Produkte verbessern wollten,
Ratten und Affen umbrachten,
genau die Zeit nahmen, wie lang es dauerte.
Ypern steht für das Brandmal auf dem Antlitz der
Menschheit.
Europa wird zu aufgerissener Erde,
mit seinen Schützengräben,
seinen Bombentrichtern
und Ruinenstädten.
Europa wird das Feld der unbekannten Soldaten,
von denen man nur noch Stücke findet

oder gar nichts mehr.
Nur, dass sie da waren, weiß man, mitten im Feuerhagel,
in der Hölle,
und dass sie nicht mehr am Leben sind.
John Kipling, der Sohn von Rudyard, fällt in Loos-en-Gohelle,
beim ersten Einsatz an der Front.
„*You'll be a Man, my Son*"* …
Kaum achtzehn Jahre war er alt.
Kurzsichtig war er, John,
und für untauglich erklärt worden,
doch er flehte seinen Vater an, ihm zu helfen,
und Rudyard sprach mit ein paar Freunden.
So konnte sein Sohn zum Militär und kam zum Sterben
in ein Land,
das ihn nicht einmal zurückgab.
Ihn und so viele andere nicht,
die keine berühmten Väter hatten,
die Plattfüße hatten
oder einen Sprachfehler,
oder nie davor aus ihrem Dorf hinausgekommen,
nie von ihrer Familie getrennt gewesen waren.
Sie alle,
große junge Burschen, ein wenig großmäulig
ein wenig beschränkt,
manche noch jungfräulich,
sie alle,
Engländer,
Kanadier,
zum schnellen Sterben hergekommen.
Kanonenfutter in den Schützengräben.
Das bringt Kreuze auf den Militärfriedhöfen,
viele schöne Kreuze nebeneinander,
Völker von Kreuzen,

und Vater Kipling sucht weiter auf den Feldern von Loos,
bis zu seinem eigenen Tod.
Grabungen lässt er durchführen,
um die Überreste seines Sohnes zu finden.
Wahnsinnig vor Schmerz
schürft er hartnäckig in der Erde:
„Gebt mir meinen Sohn zurück …"
Tausendmal stellt er die gleichen Fragen,
immer und immer wieder kommt er.
Die alte griechische Geste, der Wunsch nach Bestattung.
Kipling,
ein Greis verfangen in seiner Schuld,
halb König Lear,
halb Antigone,
kann das Wort, das ihn so quält, nicht mehr ertragen:
„Unbekannt".
Denn keiner war „unbekannt".
Alle hatten sie Namen,
Familien.
Sie hatten Freunde, Pläne, Humor und Talente.
Sie schrieben Briefe,
spielten Karten,
zählten die Tage.
Unbekannt, nein.
Also erfindet Kipling eine Formel:
„Known unto God",
vielleicht beruhigt ihn das ein wenig,
dass sie „von Gott gekannt wurden",
nur von Gott, aber doch von Gott.
Das kann er sich sagen, Rudyard:
dass zumindest Gott seinen Sohn sieht,
weiß, wo er ruht,
ihn beim Namen nennen und aufnehmen kann.

Viele hat er gesehen, Gott …
Bestürzt musste er wohl sein über die langen Kolonnen
junger Leute, die vor ihm erscheinen,
Franzosen, Deutsche, Engländer, Iren, Kanadier, Senegalesen,
Tunesier, Marokkaner, Vietnamesen, Belgier, Russen,
ganz benommen musste er sein,
so viele Sprachen,
so viele zerfetzte Gesichter,
und dann fängt Kipling eines Tages wieder an zu weinen,
weil er spürt, dass „*Known unto God*“ ihn gar nicht mehr tröstet.
Und mit ihm weinen alle Mütter Europas,
doch man hört sie gar nicht,
denn sie weinen leise,
in der Nacht,
beißen ins Kopfkissen,
oder jedes Mal, wenn sie an dem Kriegerdenkmal vorbeigehen,
das gerade auf dem Platz vor dem Rathaus errichtet wurde,
und auf dem der Name ihres Kindes eingraviert ist.
Da fahren sie hoch,
dieser Name
geliebt, geküsst, gebetet, so oft,
dieser Name
eingraviert in den Tod.
Die Mütter weinen und fluchen,
weil sie böse sein wollen,
und sie haben Recht.
Sie können nicht mehr schlafen,
nicht mehr lachen,
so wie Millionen anderer Mütter in Europa
wurde ihnen ein Teil ihres Körpers abgetrennt.

Sie stellen die Frage, was wohl zu einem derartigen Fressgelage führen konnte,
an die Freude von früher erinnern sie sich kaum noch,
und fragen sich selbst,
in den Nächten, in denen der Schmerz zu stark ist,
ob man über seinen eigenen Selbstmord trauern kann.

Entfernte Länder des Leidens,
Namen von Orten, die zu Narben wurden,
Mărăşeşti*,
die Dardanellen,
Caporetto**,
Verdun,
Tutrakan***,
Douaumont.
Von weither seid Ihr gekommen, um an diesen Orten zu sterben.
Viele von Euch wussten nicht einmal, dass es diese Orte gibt
und sie darauf warteten, zu euren Gräbern zu werden.
Viele Kilometer habt ihr zurückgelegt,
Meere habt ihr überquert,
um beim großen Festmahl des Krieges zu enden.
Europa lud die ganze Welt zu seinem Selbstmord ein
und tötete am Ende alle Gäste.
Gelangten die Schmerzensgesänge der Mütter von Tonkin, Siam oder Madagaskar
in den durchwachten Nächten bis in die Schützengräben der Somme?
Verliehen die Gebete aus Mali und dem Senegal den Gefallenen des Chemin des Dames friedliche Züge?
Nein,
es war zu weit weg

Und schon die Entfernung zeigte, dass das keinen Sinn hatte,
dass keiner dieser jungen Menschen,
die von so weither kamen,
für ein Europa sterben sollte, das beschlossen hatte,
sich selbst zu opfern.
Was aber bleibt nach vier Jahren Blutvergießen?
Gebeine in den gepflügten Feldern.
Rostende Waffen.
Rudyard Kipling, der die Umgebung von Loos weiter
nach seinem Sohn absucht.
Was bleibt noch?
Entstellte Gesichter,
geistig Umnachtete,
ein Friedensvertrag,
und die Feuerfresser, die zurückkehren,
weil sie nie genug bekommen.

Hört nur Harold Nicolson,
den englischen Diplomaten bei der Pariser Konferenz,
ein junger Mann, entsetzt über die Deutschland auf-
erlegten Reparationen.
Er ist es, der von „Feuerfressern" spricht,
denn er sieht und sagt es:
Eine Demütigung ist der Versailler Vertrag,
und wir werden dafür bezahlen.
Warum gehen die Sieger immer einen Schritt zu weit?
In Versailles sind es die Feuerfresser, die entscheiden,
erzwingen, sich brüsten,
und die unvermeidliche Revanche bereits vorbereiten.
Was aber bleibt nach vier Jahren Blutvergießen?
Bäume wie geknickte Zahnstocher,
Felder mit den „Schweineschwänzchen" genannten
Schraubpfählen,

Granatentrichter und der Sturz dreier Kaiserreiche.
Der Fall des Osmanischen Reiches, von Großrussland
und der österreichisch-ungarischen Monarchie geben
Europa ein neues Gesicht.
Doch noch hat es keine Zeit, um Luft zu holen.
Alles geht viel zu schnell.
Nie wartet die Geschichte darauf, dass man bereit ist.
Nach diesem ersten Weltkrieg
hätte Europa zwanzig oder dreißig Jahre gebraucht,
um seine Wunden zu versorgen.
Zehn Jahre Stille,
allein um der Toten zu gedenken
und für den Wiederaufbau.
Doch das Fieber ist da,
Europa hat Ringe unter den Augen und schläft immer
noch nicht.

5

SCHNELL!

Ist jetzt die Zeit, sich zu betäuben?
Ja.
Zu tanzen, zu rauchen, zu schreien, zu malen?
Ja.
Ist jetzt die Zeit, die alte Welt zum Teufel zu jagen
und in die Jazzkeller hinabzusteigen,
wo die Stunden nicht mehr zählen,
in den Pariser Cafés Gedichte zu schreiben,
die die Welt vor den Kopf stoßen?
Ja.
Ist jetzt die Zeit, nicht nur „Nie mehr wieder" zu sagen,
sondern auch so zu leben, gierig, und sonst alles auszublenden?
Ja.
Seit Jahrhunderten
haben wir zu viel gehorcht
und nur die Friedhöfe wurden dadurch größer.
Ist es an der Zeit, wild zu gestikulieren, sich ungehörig zu benehmen, herausfordernd zu grinsen?
Ja,
ich bitte Euch,
höchste Zeit.

Europa braucht Josephine Bakers' Busen und die Gedichte
von Blaise Cendrars.
Europa braucht Brechts freche Schnauze
und die Maler der Künstlerkolonie von La Ruche,
Europa braucht Bretons Nadja,
muss seine *Magnetischen Felder* erkunden und Man Rays
nackte *Violinenfrauen* mit den Augen abtasten.
Ist jetzt die Zeit zu trinken,
aufsässig zu sein?
Ja.
Die Goldenen Zwanzigerjahre,
the Roaring Twenties.
Macht schnell!
Beeilt Euch mit dem Lachen,
leert die Flaschen,
bringt unentwegt Gemälde, Bücher, Gedichte hervor.
Schnell!
Beeilt Euch, durch die wilden Straßen von Paris und Berlin
zu streifen
und ihren Puls zu fühlen.
Beeilt Euch.
Die Nacht ist laut,
nicht nur vom Klang der Trompeten,
sondern von unserem eigenen Aufruhr.
Europa lernt, nach innen zu schauen,
und das macht Angst, ist erschreckend,
aber es ist auch berauschend.
Auf seiner Couch, mit Teppichen belegt, zeichnet Herr
Doktor Freud seltsame Karten,
Labyrinthe aus Begehren, Verdrängen, Trieben und Entsetzen.
Die Nacht ist in Bewegung,
und in uns herrscht Hochbetrieb.
Alles brodelt.

Beeilt Euch und seht Euch die *Dreigroschenoper* an,
im Theater am Schiffbauerdamm,
mit Lotte Lenya und der Musik von Kurt Weill.
Beeilt Euch und treibt Euch beim „Nabel der Welt“ herum,
wie Arthur Miller die Kreuzung der
Boulevards Raspail / Vavin / Montparnasse nannte,
wohin so viele Menschen strömten.
So viele Zweifel,
Begeisterung,
Erschöpfung.
So viel Kaffee wurde dort getrunken,
in den Straßencafés,
um der Einsamkeit und dem Hunger zu entgehen.
Beeilt Euch.
Schon fängt es an, das Diffamieren,
schon stinkt die Politik nach Rizinusöl,
schon werden Menschen als „Ungeziefer“ bezeichnet,
rotes,
jüdisches,
schwules Ungeziefer,
und am 24. Oktober 1929
bricht alles zusammen.
Europa hört auf zu tanzen:
Die Musik aus New York ist entgleist,
Schwarzer Donnerstag,
dann – schlimmer noch – Schwarzer Dienstag,
dann der schwarze Winter, von dem man sich nicht mehr
erholt.
Dann das lange schwarze Jahrzehnt,
das die Völker erschüttert.
Schubkarren voll Geld und ruinierte Existenzen.
Europa steht auf dem Kopf,
nicht an seinen Wunden geht es zugrunde,

es verblutet an der Geldentwertung.
Die Anspannung steigt,
in den Gesichtern,
den Reden.
Die Schlangen der Arbeitslosen werden länger.
Beeilt euch, noch schnell zu genießen,
wenn ihr noch könnt,
schon steht einem der Sinn nicht mehr danach.
Der Rausch währte nicht lange.
Nie zuvor so viel politische Gewalt auf der Straße,
in Deutschland,
in Italien.
Nie zuvor so viele Krawalle, Drohungen, Faustschläge
    und eingeschlagene Köpfe.
Nie so viele zertrümmerte Schaufenster,
verwüstete Büros
und Mordanschläge.
Denn man beginnt wieder zu töten,
ganz gezielt,
Gewerkschafter,
politische Gegner,
Journalisten,
Intellektuelle.
Was nach Demokratie und Vernunft aussieht,
    wird alles umgebracht,
und Rom gewöhnt sich daran,
Berlin gewöhnt sich daran,
fast jeden Tag ein Toter …
Matteotti ermordet,
Walther Rathenau ermordet,
die Brüder Rosselli ermordet.
So viele andere, deren Namen die Geschichte nicht
    mehr kennt.

Leichtfertig ist sie, die Geschichte.
Die endlos langen Opferlisten werden ihr rasch langweilig.
Weit holt sie aus und geht weiter.
Man kann nicht alle Namen behalten,
das muss man in Kauf nehmen.
Die Faschistische Partei in Italien
ist im Kommen,
und das geht schnell.
Die nationalsozialistische Arbeiterbewegung,
Sänger mit ausgestreckter Hand,
glänzende Uniformen,
die Gesichter dem Führer zugewandt.
Wie gut es tut, wieder zu gehorchen.
Nichts ist schöner, als mit den anderen im Einklang zu sein,
in Reih und Glied zu gehen
und den Feind zu verprügeln.

Riecht Ihr es?
Ein neuer Geruch erfüllt die Straßen von Berlin.
Am 10. Mai 1933,
auf dem Opernplatz:
Scheiterhaufen von Büchern,
Brecht, Döblin, Freud, Marx, Mann, Zweig.
Bücherverbrennung.
Fast überall kommt es dazu,
Berge von schändlichen Schriften.
Berge von jüdischen, pazifistischen, entarteten, verfemten Autoren,
Berge, die langsam verbrennen,
während die Menge den Arm zum Gruß erhebt.
Joseph Goebbels ist da,
verflucht sei sein Name
und spricht von „Säuberung“.

Die dekadente Kultur könnte ansteckend wirken,
    fürchtet er.
Recht hat er damit:
Nichts wirkt ansteckender als Bücher.
Riecht Ihr es nun?
In Bonn, in Bremen, Hannover, Frankfurt, Heidelberg,
    Nürnberg, Rostock und Hamburg
werfen Studenten im Begeisterungstaumel Meisterwerke
    ins Feuer.
Wie gut es doch tut, kein Individuum mehr zu sein,
seinen Geist,
seinen Willen abzugeben,
und sich zu unterwerfen,
begierig,
rückhaltlos,
der Gruppe,
mit gestrecktem Arm wie die anderen,
und besser noch als der Gruppe,
dem Führer.
Gehorchen,
darum vor allem ging es den Menschen.
Gehorchen und singen.
Es gibt kein besseres Mittel, um zum Mörder zu werden.

Aufregung und Spannung steigen.
Pogrome,
Prügeleien
„*Nie war die Welt seit ihrem Bestand so im Ganzen erregt.*"*
Zweig spürte die Spannung in den Städten,
die auch auf dem Land um sich griff.

Das große Morden rückt näher,
die Ziele stehen fest.

Die *Münchener Post* versucht, von den Ermordeten zu berichten,
koste es, was es wolle,
und Hitler die Stirn zu bieten.
Zehn Jahre hält die Zeitung durch,
bis zu dem Tag, als die SA-Trupps ihre Büros überfallen und verwüsten.
Alle Journalisten werden verhaftet und deportiert.
Die *Münchener Post* ist von da an ein leeres Gebäude,
ein Mausoleum der Melancholie,
Vorbote leidvoller Zeiten.

6

UNERWÜNSCHT

Aus so vielen Regionen, Städten und Dörfern müssen sie
flüchten.
So viele Männer und Frauen versuchen, sich in Sicherheit
zu bringen.
Ganze Familien lassen alles zurück und gehen nach
Frankreich, in die Schweiz, nach England
oder in die Vereinigten Staaten.
Kaum sind sie unterwegs, bekommen sie einen neuen
Namen:
„Unerwünschte".
Der Kontinent wird zu einer komplizierten Karte aus
Übergängen, Schlagbäumen und geschlossenen Grenzen.

Deutschland leert sich.
Die Juden, die spüren, dass die Luft auf dem Kurfürsten-
damm nach Schwefel und Hass riecht,
verlassen schleunigst das Land.
Sie kommen nach Frankreich,
überzeugt davon, aufgenommen zu werden wie Verbündete.
Sie lassen alles zurück,
innerhalb weniger Stunden,
ihre Wohnung,
ihren Beruf,

ihre Familie,
um hierher zu kommen, in Sicherheit.
Und entgeistert hören sie zum ersten Mal,
wie man sie nennt:
„Fritz“,
Jude oder nicht,
politischer Gegner oder nicht,
alle gleichermaßen: „Fritz“.
Es wird nicht mehr unterschieden,
die Zeit ist nicht danach.
Deutsche sind sie, und das mag man nicht sehr in den
Straßen von Paris.
Also
unerwünscht.
Ja.
Deutsche Juden, das ist gleich Unglück,
und bis zuletzt wirft die Welt mit Steinen auf sie.

Die Türkei leert sich.
Die neuen Machthaber wollen keine Griechen mehr,
und Griechenland will seine Türken nicht.
Großangelegter Bevölkerungsaustausch.
Über die Familien im Orient bricht die Katastrophe herein,
eineinhalb Millionen Griechen verlassen Istanbul oder
die anatolischen Dörfer
und erkunden ängstlich die Straßen von Athen,
mit ihren Habseligkeiten, ihrer Angst kommen sie,
Entwurzelung ins Gesicht geschrieben.
Es sei ihr Land, sagt man ihnen,
doch dass das nicht so einfach ist, spüren sie sehr wohl.
Man spottet über ihre Aussprache,
man sorgt sich, weil sie so viele sind.
Da öffnen die alten Frauen ihre Koffer,

schließen die Augen
und atmen tief ein letztes Mal den Geruch des anderen Ufers ein.
Nacht für Nacht beugen sie sich schweren Herzens
über die armseligen Noten des *Rembetiko*, die sie mitgebracht haben,
und das ist ihr einziger Trost.

Spanien leert sich.
Barcelona hat gekämpft, doch es wird fallen.
Die Männer der Durruti-Kolonne
im Spanischen Bürgerkrieg,
POUMisten, Kommunisten, Anarchisten, Republikaner,
alle ziehen Richtung Pyrenäen.
Die *Retirada* erfolgt über die Berge
und endet im traurigen Exil im Sand.
Die Lager an den Stränden füllen sich mit erschöpften, schmutzigen Scharen von Menschen.
Sie sind in Sicherheit, doch auch sie stellen fest, dass sie einen neuen Namen haben,
„Unerwünschte",
und den muss man erst einmal tragen lernen.

Europa beginnt herumzuirren,
Drei Millionen Fremde nimmt Frankreich in den 1930er Jahren auf.
„Aufnehmen" ist nicht das passende Wort.
Drei Millionen Fremde kommen nach Frankreich,
aufgenommen werden sie nicht.
Hört nur, was Daladier sagt:
„Wir müssen uns die Unerwünschten vom Hals schaffen."
Das ist deutlich und unverblümt.
Und so werden Sammellager eingerichtet.

Dutzende,
kleine und große.
Kontrollieren will man die Massen,
wissen, wie viele es sind, wohin sie gehen.
Man eröffnet „Konzentrationslager".
So nennt man sie,
in Rieucros, in der Lozère,
in der Nähe von Mende,
die Lager in Rivesaltes und Les Milles.
Überall in Frankreich
wachsen Stacheldrahtzäune wie Unkraut aus dem Boden.

Ein Europa der Staatenlosen entsteht,
derer, die flüchten,
in der Nacht aufbrechen,
ihr Leben in die Hände eines Schleppers legen
und beten, am Ende des Weges nicht verkauft zu werden.
Ein Europa in Lumpen,
der erschöpften Mütter,
die wissen, dass Länder Fallen sein können, die brutal
zuschnappen.
Ein Europa der Exil-Regierungen.
London wird die Hauptstadt des Widerstands.
Die belgische Regierung und die von Polen,
die Könige von Norwegen, Griechenland und Jugoslawien,
die holländische Königin,
die Vertreter des „Freien Frankreich",
sie alle überqueren den Ärmelkanal.
Es ist die Stunde der gefälschten Pässe.
Die Grenze herrscht unumschränkt
und nimmt Millionen von Menschen in Geiselhaft.

Für wie viele Männer und Frauen wurde Europa zum Ort des Leidens?
Für die Iren der großen Hungersnot,
die Italiener des Mezzogiorno,
die Menschen aus dem Schtetl, die von überall flohen …
Für wie viele wurde das Leben in Europa unmöglich?
Aus dem unbeschreiblichen Chaos finden manche ihren Weg,
Arthur Koestler, das jüdische Kind aus Budapest, der sich nicht über das hinwegtäuschen lässt, was er sieht.
Fred Uhlman, dem es gelingt, sich zu retten,
weil ein Freund diesen Satz zu ihm gesagt hat –
einfach wie ein dringlicher Aufruf, alles liegen und stehen zu lassen –
„*Heute ist schönes Wetter in Paris*“* –
Brecht geht nach Dänemark, Zweig nach Brasilien.
Manche finden ihren Weg,
anderen gelingt es nicht, sich beim Anblick der brennenden Welt von der tödlichen Schwermut zu befreien.
Walter Benjamin hat es geschafft, das besetzte Frankreich zu durchqueren
und setzt seinem Leben in einem kleinen Hotelzimmer in Pourtbou ein Ende,
genauso wie Zweig mit seiner Frau in Petrópolis.
In dieser Welt ist kein Atmen mehr,
und außerhalb der Reichweite des Hasses zu sein, das reicht nicht mehr.
Wer weiß, ob da nicht schon wieder dieses Wort war und ihnen im letzten Augenblick hämisch zuflüstert:
„Unerwünscht“?
Wer weiß, ob sie nicht deshalb aufgegeben haben?

Alles ist jetzt bereit.
Verhaftungen mitten in der Nacht:
Zu Befehl!
Aufruf zum Morden:
Zu Befehl!
Riesenmenge, die im Gleichschritt marschiert:
Zu Befehl!
Die Welt ist verrückt
und schläft nicht.
Es gibt keinen Schlaf mehr,
doch eine grimmige Freude.
Staatsbankrott:
Zu Befehl!
Die Nächte sind lang,
die Tage auch,
Wochen, Monate.
Das Ende des langen Weges,
des Krieges, der vor uns liegt, ist nicht in Sicht.
Zu Befehl,
zu Befehl!

7

IN TRÜMMERN

Der Krieg kehrt zurück.
wühlt keine Schützengräben mehr in den Erdboden,
vom Himmel ergreift er Besitz.
Jedes Land übersät das Feindesland mit Bomben.
Von oben sehen die Städte so klein aus:
dichtbewohnte Schachbretter in Schwarz-Weiß.
Vom Heulen der Stukas ist das Jahrhundert erfüllt,
im Sturzflug rasen sie auf Straßen und Schicksale zu.
Der Fliegeralarm bestimmt das Leben der Städte.
Das deutsche Reich rückt vor,
verschlingt immer mehr Gebiete,
macht immer mehr Kriegsbeute,
hisst seine Fahne auf der Grand-Place in Brüssel und am
Trocadéro in Paris.
Die noch Widerstand leisten, werden bombardiert.
Die Bevölkerung in Angst und Schrecken zu versetzen,
darum geht es,
die Moral des Feindes zu brechen.
Auf England konzentriert sich die Wut der Bomben,
als einziges Land bietet es dem Reich die Stirn.
Tag für Tag kommen nun Flugzeuge
und werfen Feuer und Tod ab.
Tag für Tag

wird am stürmischen Himmel über England gekämpft,
in einer prasselnden Flammenhölle
brennt das East End.

Great Fire über London,
Great Fire again,
wie 1666.
Alles brennt,
und die Menschen verschanzen sich in U-Bahntunneln,
in Bunkern
und Kellerräumen
oder unter ihrem Tisch.
Ein unglaublicher Bombenhagel geht über der Stadt nieder.
Den jungen Piloten der Royal Air Force bleibt keine Zeit mehr,
im White Hart in Brasted ein Glas zu trinken,
dem Gefechtstakt müssen sie sich unterwerfen,
bis zu sechs Mal am Tag aufsteigen,
und viele sterben.
Jeder Tag kommt,
jeder Tag vergeht,
doch Tag für Tag hält England stand.
Die Nerven einer Nation zu brechen,
ihre Politiker zu zermürben,
das ist das Ziel des Blitzkrieges.
Doch sie schaffen es nicht.
Denn da ist diese Stimme,
entschlossen und ruhig,
unerschütterlich, die weiterhin der freien Welt Mut zuspricht:
We shall fight on the beaches,
We shall fight on the landing grounds,

We shall fight in the fields and in the streets,
We shall fight in the hills
*We shall never surrender.**
Nacht für Nacht,
neun Monate lang,
wecken die Sirenen die Familien
und die Brandbomben erhellen die Straßen.
Nacht für Nacht,
doch London hält stand.

Viele europäische Städte wurden vom Himmel aus
vernichtet.
Warschau,
Guernica,
Rotterdam,
Belgrad …
In ein paar Minuten,
beim Überfliegen
fallen die Bomben in schweren Trauben,
wahllos, Leben oder Tod,
wahllos, vernichtet oder gerettet.
In Stalingrad,
bei einem unvorstellbaren Massaker,
mehr als vierzigtausend Tote in nur zwei Stunden.
Zahllose Städte leiden und sterben.
Mit offenem Mund verreckt Athen.
Megálos Limós.
Im Schatten des Parthenon verhungern die Menschen,
nichts mehr findet sich auf den Straßen.
Und als Deutschland an die Reihe kommt und wankt,
kommt die Strafe wieder vom Himmel.
Köln,
in der *Tausendbombernacht,*

Essen,
Berlin.
General Arthur Travers Harris, „Bomber Harris" genannt,
überzeugte Churchill davon,
er könne die deutsche Hauptstadt ausradieren.
Die Engländer bombardieren bei Nacht, die Amerikaner
am Tag.
Lübeck, Rostock und Dresden werden völlig zerstört,
von den Städten bleiben nur Trümmerhaufen,
große zerbrochene Gerippe,
eingestürzte Dome,
Reste von Leben, Wohnungen, Straßen,
alles dem Erdboden gleichgemacht,
in die Knie gezwungen.

Nazideutschland hatte einen Traum von Europa:
Unterwerfen wollte es den Kontinent, ausplündern,
von Warschau bis Oslo,
von Amsterdam bis Wien.
Doch Unterdrückung erzeugt Widerstandsgeist.
Hört nur, wie Albert Camus zu seinen Feinden spricht,
inmitten der dunklen Jahre, der Stunden des Untergrund-
kampfes:
„Unser Europa ist ein gemeinsames Abenteuer,
das wir weiterführen, euch zum Trotz, angetrieben vom
Geist der Vernunft."*
Wir haben Helden, die den Traum eines vielfältigen
Europa träumen,
das Camus ganz selbstverständlich
„meine größere Heimat" nennt.
Dafür haben sie gekämpft,
ihre Hände ins Feuer getaucht,
und trotz ihrer erst zwanzig Jahre

hatten sie den Ernst derer, die Abschied nehmen.
In einer Welt der faulen Kompromisse
machten sie ihr Leben zu einem Kompass.
Von innen her verdorben sind unsere Länder.
Einst glorreiche Greise machten sich zu Handlangern
des Verbrechens.
Willfährige Hände unterzeichneten Unterwerfungserklärungen.
Wie brauchen die Stimmen der Jugend, um das Haupt
wieder zu heben.
Wir haben gemeinsame Helden,
die sich für den Aufstand entschieden,
Plakate klebten,
Nachrichten überbrachten,
Waffen weitergaben,
Verstecke ausfindig machten.
Wir haben gemeinsame Helden:
Die Gruppe Manouchian, die alle Sprachen sprach,
aber auf Französisch blutete.
Die Komplety, behelfsmäßig in Wohnungen eingerichtete
Schulen,
damit die Kinder in Polen weiter lernen konnten.
Die Kompanie Linge in Norwegen.
Joachim Rønneberg, der das Atomprogramm Nazideutschlands sabotierte.
Die Garibaldi-Brigade von Irma Bandiera,
von der nur ein einziger überlebte.
Die „Kometenlinie" von Andrée De Jongh, die den
Widerstandsgeist geerbt hatte,
die beiden Schwestern Oversteegen, Freddie und Truus,
und Hannie Schaft, ihre Freundin mit den roten Haaren,
die in den Dünen von Bloemendaal hingerichtet wurde.
Junge Menschen lernen mit Dynamit umzugehen,

Hinterhalte zu planen,
Pistolen in einem Restaurant leerzufeuern
und zu sterben.
Junge Menschen lernen den Schmerz der unmöglichen
Entscheidungen,
den Wahnwitz der Vergeltungsmaßnahmen.
Weinte Rosario Bentivegna, als er in der Via Rasella auf
den Auslöser drückte?
Dreiunddreißig SS-Leute tötete,
aber als Vergeltung das Massaker der Ardeatinischen
Höhlen auslöste,
dem dreihundertfünfunddreißig Zivilisten zum Opfer fielen?
Heldentum ist schmerzhaft,
es verwirrt den Verstand,
und trägt das hässliche Antlitz der Entscheidungen, die
immer blutig sind.
Wir haben gemeinsame Helden,
die sich ins Chaos stürzten,
um unsere größere Heimat hervorzubringen.
Mit all ihrer Lebenskraft stellten sie sich
gegen die hemdsärmeligen Maulhelden,
die Im-Gleichschritt-Marschierer,
die Mitläufer der Kollaboration
und die Folterknechte in den Kellern.
Gemeinsane Helden haben wir,
die uns einen Kontinent hinterlassen haben, größer als
die Summe unserer Länder,
ein Gebiet, das wir bewohnen müssen,
für sie,
„*angetrieben vom Geist der Vernunft.*“

8

WIR, ASCHE*

Wir wissen, was es bedeutet, zu verschwinden,
oft genug haben wir es erlebt.
Die Bedrohung durch die Barbaren,
der Zerfall der Reiche.
Wir wissen, was es bedeutet, unumschränkt zu herrschen
und dann in der endlosen Zeit zu versinken.
Jedes unserer Länder hat Licht und Zerfall erfahren.
Doch da ist noch etwas anderes,
noch viel Schlimmeres:
Das, was der Mensch dem Menschen antun kann.
Morden mit Methode,
Erfinder der gigantischen Todesmaschinerie.
Wir wissen es.
Hier auf dem Boden Europas
wurde der Glaube an die Zukunft vernichtet.
Und das macht uns
zu Erben der Angst.

Wann fängt es an?
Das Grauen greift allmählich um sich.
Zuerst kommen die Reden,
angeheizt von der Lust, seinen Hass laut herauszuschreien,
als einzige Antwort „Rasse“ zu brüllen,

sich an diesem Wort zu berauschen,
„Rasse“,
um Rangordnungen aufzustellen.
Und davon die Idee einer Vollkommenheit abzuleiten
und als logische Folge: die Existenz einer minderwertigen Kategorie.
Also gibt es auf einmal die Arier und die anderen,
die höherwertigen Menschen und die anderen.
Und schon zählt manches Leben weniger als anderes.

Wann fängt es an?
Als die Worte härter werden?
Als man beginnt, von „Krebsgeschwür“,
„Ungeziefer“,
„Parasiten“
und von „Säuberung“ zu reden?
Beginnt es mit der Eugenik?
Den Zwangssterilisationen?
Die Rasse muss rein sein,
und schon übt sich die Hand im Töten.

Wann fängt es an?
Als die versammelten Massen bereit sind, das Denken einzustellen,
sich vom Taumel mitreißen zu lassen,
vom Vergnügen, gemeinsam den einen Namen zu skandieren,
im Gleichschritt zu marschieren,
im immer gleichen,
dem der Selbstaufgabe.

Wann fängt es an?
Mit der *Reichskristallnacht?*

Dieser Nacht, in der der Hass losgelassen wird wie ein Hund,
den man stundenlang aufgehetzt hat.
Die Schaufenster zersplittern,
die Synagogen brennen.
Die Emigration der deutschen Juden soll vorangetrieben werden
oder ihre Deportation.
Sie werden auf die Straße gezerrt,
ihre Bärte angezündet,
sie werden gezwungen, sich hinzuknien,
und dann verprügelt.
In diesen Stunden werden beißender Hohn,
Aufrufe zu Mord und Brandschatzung beklatscht.
Vielleicht wird das in der Pogromnacht getestet:
Das Naziregime möchte sehen, ob Deutschland bereit ist.
Und es ist bereit.

Wann fängt es an?
Mit den Juden, die man deportiert und in Ghettos zusammenpfercht:
in Vilnius, Warschau, Minsk, Lublin, Łodz und Krakau.
Zuerst treibt man sie zusammen,
dann sperrt man sie ein.
Und dann wird das Warschauer Ghetto eines Tages zum Gefängnis,
und für die Männer, Frauen und Kinder darin beginnt das Sterben.
Auf der anderen Seite der Mauer gehen die Leute einkaufen.
Auf der anderen Seite der Mauer trägt man Mäntel und isst Huhn.

Es hat schon angefangen.
Juden werden auf den Straßen ermordet.
Völkermord durch Erschießen.
Zunächst.
Massengräber in ganz Osteuropa,
ausgehoben von jenen, die dann umgebracht werden.
Darauf laufen die jahrzehntelangen Pogrome hinaus,
bei denen man mit dem Finger immer auf denselben
Feind wies
in Russland, in Polen, in der Ukraine,
immer derselbe:
„Der Jude",
dem man alles antun kann, weil er weniger wert ist als
nichts.

Riesige Haufen von Schuhen,
von den Deportierten zurückgelassen,
das Geräusch der Waggontüren, wenn die Soldaten
sie bei der Ankunft im Lager öffnen,
Haufen von abgeschnittenen Haaren,
Haufen von Kleidern,
Koffern,
Schuhen,
Goldzähnen,
Haufen von kleinen Gegenständen, von Näpfen und
Bechern aus Zinn.
Zurückgelassene Haufen
im Augenblick vor dem Gang in den Tod.
Haufen
Genau davon ist die Rede.
Haufen von Leichen,
die man mit der Schaufel hochhebt,
Haufen

Sechs Millionen Männer, Frauen und Kinder,
zu Haufen geworden.
Genau das ist es,
was man weder aussprechen
noch denken kann.
Haufen.
Nichts bleibt mehr,
sie haben uns
zu Haufen
gemacht.
Und man hält inne vor dem Abgrund,
im Bewusstsein, dass man nur noch schweigen kann.

Was der Mensch dem Menschen antun kann.
Unendlicher Taumel angesichts des Gehorsams,
angesichts des Todestriebs.
Jahrhundert von Asche,
Jahrhundert erstickt an einem unsäglichen Gestank,
den es nie hätte geben dürfen,
Gestank, der die Erde verbrennt
und die Tannen zum Weinen bringt.
Der Mensch hat den Menschen in gigantischem Ausmaß vergast.
Asche.
Nur das bleibt:
Asche
In Riesenbergen.

Wie kann man das überhaupt glauben?
Dass das wirklich war,
Asche von
Leben,
verstreut,

dann
Haufen
von Asche
Haufen
Von jetzt an
Nichts

Aus ganz Europa kamen die Züge,
um auf den Bahnsteigen von Auschwitz, Sobibór,
Chełmno, Treblinka und Belsen …
Menschenleben,
Geschichten
und Kinder
abzuladen.
Erinnert Ihr euch an die Eisenbahn?
Den großen Stolz des 19. Jahrhunderts?
Erinnert Ihr euch an *The Rocket* zwischen Manchester und
Liverpool?
Überall tauchten Schienen auf,
als Zeichen des Fortschritts,
der Moderne?
Auf einmal werden die Schienen
zum Abbild des Todes.
Die Eisenbahn,
die Glanzleistung Europas,
wird zum Symbol seiner Zerstörung.
Dass die Menschen aus ganz Europa auf dem Schienennetz
in die Gaskammern gesaugt
wurden, wissen wir.
Nichts bleibt mehr.
Nichts.
Überhaupt nichts.

Der Mensch ist besiegt.
Schwarzes Loch,
das uns alle aufsaugt.
„Asche“ ist das Wort des Anti-Jahrhunderts.
Doch nicht die Asche der Bibel,
nicht die des Kreislaufs der Schöpfung,
der existentiellen Demut,
nein, die Asche des Hasses.
„Asche“ ist das Wort, das all dem entgegensteht,
woran das 19. Jahrhundert glaubte:
Fortschritt,
der verheißungsvolle Takt der Maschinen,
Humanismus.
Asche
und nichts kann mehr gesagt werden,
an dieser Stelle.
Nichts mehr.
Haufen
von unmöglichen Worten.
Nichts
mehr.

Was soll man also sagen?
Lange Zeit
Nichts
Was soll man sagen?
Lange Zeit
Daran denken
Nichts
Den ganzen Platz muss das einnehmen
Nichts
So riesig groß
So erschreckend

Und das Schweigen
Nichts
Das allein vielleicht das Ausmaß dessen hat, was man
benennen möchte.
Nichts
Nur
die Erinnerung.
Nur das:
Die Erinnerung
bewahren.

9

GROSSE HEIMKEHR

„Haben Sie ihn gesehen? Ich bitte Sie: Nehmen Sie sich
die Zeit und schauen Sie das Foto an …Kommt
Ihnen sein Gesicht bekannt vor? … Sind Sie sich
sicher? …“

Große Heimkehr jetzt,
die Überlebenden der Konzentrationslager,
unzählige ausgemergelte Gestalten, erschütternd für alle,
die sie vorüberziehen sehen,
Kriegsgefangene,
Vertriebene,
Geflüchtete,
versteckte jüdische Kinder,
getrennte Familien,
stellt euch das vor,
über den ganzen Kontinent verstreut,
große Heimkehr.
Die Grenzen haben sich verschoben.
Man möchte nach Hause zurück,
doch das Zuhause liegt jetzt in einem anderen Land.
Da werden viele staatenlos.

„Haben Sie ihn gesehen? Bitte, schauen Sie doch her …"
Die gleiche Frage auf Bahnhöfen, in Krankenhäusern, auf
Schulhöfen,
überall,
mit der gleichen Erwartung,
immer enttäuscht,
immer atemlos.
Haben Sie ihn gesehen? …

Heimkehren braucht Zeit.
Gleich am Tag nach dem Waffenstillstand die Haustüre
öffnen geht nicht.
Nehmt nur Primo Levi,
wie ein lebendes Skelett tritt er
den langen Weg an zurück von Auschwitz nach Turin,
über die Ukraine, Belarus, Moldawien, Rumänien, Ungarn
und Österreich.
Acht lange Monate der Heimkehr.
Im Trümmerfeld Europa,
in dem die Brücken gesprengt
und die Eisenbahnlinien zerstört sind.
Wie kommt man zurück?
Auf welchen Straßen?
Mit welchem Geld?
Seht sie euch an, wie sie sich beim Grand Hotel Lutetia in
Paris drängen,
um Nachrichten zu bekommen.

„Haben Sie ihn gesehen? Es ist mein Sohn, mein Bruder …
Kommt er Ihnen bekannt vor? Hier hat er gewohnt …
Ich habe keine Nachrichten mehr. Ich bitte Sie …
Nein? … Nichts? … Wirklich nicht? …"

Tagtäglich
kommen die Deportierten zurück.
Die Familien bringen Fotos von vor dem Krieg,
halten sie den Überlebenden hin und fragen sie:
„Haben Sie ihn gesehen? … Ich bitte Sie. …
Es ist mein Bruder, mein Mann, mein Geliebter."
Sie bemerken gar nicht,
dass das Gesicht auf dem Foto niemandem etwas sagen
kann,
denn der Mann darauf
trägt Weste und Hut,
einen gepflegten Schnurrbart
und sieht gut aus.
Die Frauen auf den Fotos haben
lange Haare,
schön frisiert,
geflochten,
und tragen Blusen,
während sie nur von kahlgeschorenen Menschen umgeben
waren,
als sie der Gier der Gaskammern widerstanden.
„Haben Sie ihn gesehen?"
Tagtäglich
die unmögliche Frage.
Tagtäglich
wird die Frage aufs Neue gestellt.
Und auf allen Straßen Europas
ausgezehrte, kaum noch atmende Gestalten,
die hoffen, durchzuhalten.
Jorge Semprún kehrt zurück,
Elie Wiesel ebenfalls.
Simone Veil und Marceline Loridan-Ivens,
Robert Antelme, Charlotte Delbo und

Stéphane Hessel,
all die jungen Leute, die überlebt haben,
kommen zurück,
ohne ihre Familie.
Sie müssen ihr Leben wieder aufnehmen,
ohne Zeugen,
ohne die wohlwollenden Blicke derer, die sie liebten.
Manche halten nicht durch,
sterben dort,
in den Zügen auf dem Rückweg,
auf den Straßen von nirgendwo.
Zu lang,
zu anstrengend,
zu erschöpft.
Sie sterben als freie Menschen, aber fühlen sie sich so?
Freuen sie sich darüber?
„Haben Sie sie gesehen? Es ist meine Frau … meine Schwester … meine Mutter."
Und so oft kommt keine Antwort,
und so oft heißt das: tot.

Europa ist ein Gewühl von verirrten Schatten.
Rotes Kreuz,
Volkshilfe,
Sekretariat für Flüchtlinge
und Überlebende.

Dort arbeiten sie,
De Gasperi,
Schuman,
die künftigen Väter des europäischen Aufbaus.
Sie haben es gesehen, dieses Europa der Landstraßen, Bündel und abgemagerten Körper.

So viele verlorene Schicksale.
Ein Pass muss her für die Flüchtlinge.
Unzählige Menschen gehören keinem Staat mehr an.
Papiere müssen her, damit jeder die Last seines Leidens ablegen kann.
Der Nansen-Pass muss wiederbelebt werden.
Nach Hause zurückkehren,
langsam durchatmen,
ruhig,
und sich sagen,
in der Stille einer kleinen Kammer,
sich sagen,
sich selbst,
dass man überlebt hat,
nur das,
überlebt,
sich das sagen,
bis man davon überzeugt ist.

Wer sind unsere Väter?
Diese Frage stellt man sich in diesem Jahrhundert immer wieder.
Man muss sich das nur vorstellen,
in den Dörfern in ganz Europa
kehren die Väter heim,
nachdem sie Gefangene waren,
Deportierte
oder Soldaten,
nachdem sie in fernen Ländern gekämpft
oder sich versteckt hatten.
Sie klopfen an die Tür,
klopfen ihre Schuhe an der Mauer ab, um nicht den Dreck des Krieges ins Haus zu tragen.

Und die Kinder stehen da.
„Das ist dein Vater", sagt man zu ihnen.
„Freust du dich nicht, deinen Papa zu sehen?"
Mit weit aufgerissenen Augen
stehen sie da
und trauen sich nicht recht.
Drei oder vier Jahre sind sie alt, oder fünf,
wurden von einer Mutter aufgezogen, die glaubte,
    Witwe zu sein,
und es gar nicht fassen kann, ihren Mann wiederzusehen.
Sie umarmt ihn, weint, küsst ihn ab,
doch die Kinder wissen nicht recht, was tun …
„Das ist dein Vater."
Soll man ihm die Hand geben
oder sich in seine Arme werfen?
Wer ist dieser Mann, gealtert, verbraucht,
mit tiefen Schatten unter den Augen?
Wer sind unsere Väter?
Zwanzig, dreißig Jahre lang stellen sich die jungen
    Deutschen diese Frage.
Gute Familienväter,
fröhlich,
liebevoll,
machen auf Fotos Siegeszeichen und tragen eine
    SS-Uniform.
Die jungen Leute eines ganzen Landes können sich ihrer
    Herkunft nicht mehr sicher sein.
Das Erbe ist plötzlich ein unsicheres Fundament.
Beim Öffnen einer Schreibtischlade,
im Laufe eines Gesprächs
kann sich herausstellen, dass sich die, die einen erzogen
    und geliebt haben,
als Mörder und Mitläufer schuldig gemacht haben.

Die Gegenwart ist voller Fallen
jahrzehntelang.
Eine ganze Generation wächst mit dieser Frage auf.
Abscheulich, wenn man nicht darauf antworten kann:
Wer sind unsere Väter?
Und woher kommen wir?

10

BLÖCKE

Langsam spürt Europa, dass es das Nazi-Joch abschütteln
kann.
In Griechenland, Jugoslawien und Polen
hoffen alle auf Befreiung, man hört sie, man sieht sie, man
ruft sie herbei.
Die Städte erholen sich langsam, leben wieder auf:
Paris erhebt sich
und Warschau auch.
Die Völker schreien, drängen, ersehnen den Sieg,
doch schon mustern die Alliierten von gestern einander
voll Erbitterung.
Es geht nicht mehr nur darum,
die Deutschen zu besiegen,
möglichst schnell soll es gehen.
Vorrücken heißt der neue Befehl.
Schneller,
weiter.
Das Terrain besetzen,
den eigenen Vorsprung ausbauen.
Bestimmt meinte die Generation damals, ihre große
Herausforderung sei es,
die Toten zu zählen, die Lebenden zu ernähren und das
Land wieder aufzubauen.

Doch das war ein Irrtum.
Die Geschichte wartet nie darauf, dass man bereit ist.
Schon hat sie etwas anderes vor.

Gib mir einen Monat deines Lebens,
dann noch einen
und noch einen dritten.
Gib mir ein Jahr deines Lebens,
damit ich deine Träume vernichte und deine Wünsche ersticke.

Oh ja, alles geht jetzt schnell.
Nun sind wir an der Reihe, aufgeteilt, zerstückelt, besetzt zu werden.
Erinnert Ihr Euch noch an die Konferenz von Berlin?
Das gehört dir,
das mir.
Erinnert Ihr Euch?
„*Jede Macht kann ihre Herrschaft ins Landesinnere ausdehnen, bis sie auf eine benachbarte Einflusssphäre trifft.*"
Die Zeiten haben sich geändert, doch die Raubtiergesinnung ist gleich geblieben.
Die Tropenhelme wurden durch Stalinorgeln ersetzt,
man fährt nicht mehr in der schwülen Hitze flussaufwärts,
mit Vollgas jagt man die Panzer über die Landstraßen.
Beeilen muss man sich,
um immer weiter vorzurücken.
So viel einnehmen, wie man kann.
Was noch nicht dir gehört, kann noch mir zufallen.
Also trifft Churchill Stalin,
auf einem kleinen Stück Papier unterzeichnen sie das *naughty document*,
und legen die Einflusszonen fest:
Polen fällt an die UdSSR,

Rumänien geht zu 90% an dich und zu 10% an mich.
Bei Ungarn ist es 50/50.
Die Einflusszonen, erinnert Ihr euch noch?
Die Tschechoslowakei gehört dir.
Jugoslawien dir, wenn du mir Griechenland überlässt.
Die Grenzen verschieben sich erneut,
und das ist niemals gut.
„Je weiter wir uns vom Krieg entfernen, desto rascher bilden sich zwei Lager heraus“, sagt Andrei Schdanow,
was so viel heißt wie:
Je weiter wir uns vom Krieg entfernen, umso rascher bereiten wir einen neuen vor.
Die Feuerfresser spüren sehr wohl, dass sie von Geschossen, Kugeln und Schützengräben nicht mehr genug bekommen,
und dennoch lächeln sie,
weil sie wissen, dass man sich auch anders zerfleischen kann.

Schluss mit den Schlachtfeldern,
den Bomben,
den eroberten und zurückeroberten Gebieten.
Schluss mit den Truppenbewegungen und
Sturmangriffen.
Schluss mit dem heißen Krieg und dem blutigen Gemetzel.
Jetzt kommt die Zeit der Spannungen,
Eskalationen, Provokationen.
Jetzt kommen Wachttürme und Stacheldraht,
die Ausschaltung des politischen Gegners,
die Angst.
Jetzt werden Aufstände niedergeschlagen,
die Jugend geknebelt,
Generalstabskarten erstarren in Feindschaft.

Wie lange dauert ein Krieg?
Endete der Zweite Weltkrieg wirklich 1945?
Fragt mal die Griechen,
bei denen der Bürgerkrieg beginnt.
Fragt mal die Polen,
für die alles weitergeht …
Bleierne Schwere,
Eiserner Vorhang und Leben in Schweigen.

Wladyslaw Bartoszewski heiße ich, und ich frage mich, was das Leben von mir will. Momentan bin ich erst zweiundzwanzig Jahre alt. Das kommt Euch jung vor? Nein, ich bin nicht mehr jung. Mit 22 Jahren habe ich schon die Deportation nach Auschwitz-Birkenau und die Rettung durch das Rote Kreuz hinter mir. Ich bin aus dem Stoff, aus dem Nägel gemacht sind. Mit 22 Jahren bin ich schon ein Überlebender, und beim Warschauer Aufstand greife ich wieder zu den Waffen. Weit im Westen erhebt sich Paris. Der Sieg ist ganz nahe, doch Warschau schafft es nicht. Die Deutschen gewinnen wieder die Oberhand, weil die Russen sich nicht rühren. Nach dem Massaker von Katyn, nach dem deutsch-sowjetischen Pakt haben sie uns auch das noch angetan: Sie ließen es zu, dass uns die Deutschen so knapp vor dem Sieg niederschlugen. Und wieder zogen wir den Kopf ein. Genau das wollten sie.

Denn sie wussten, sie würden Polen bekommen, und sie wollten kein Polen der Helden. Zerstörte Seelen wollten sie. Schon jetzt kommt mir das Leben lang vor. Schon jetzt bin ich so gar nicht mehr jung, doch es ist noch nicht zu Ende. Wladyslaw Bartoszewski heiße ich und bin kein Kommunist. Also wieder Gefängnis und wieder Angst. Für uns gab es nie einen Sieg. Nie. Von 1939 bis 1989 dauerte der Krieg.

Fünfzig Jahre. Die Dauer eines ganzen Lebens. Meines ganzen Lebens.

Es ist die Zeit der unpassierbaren Grenzen,
der Schlagbäume, die nicht mehr hochgehen.
Familien werden auseinandergerissen, voneinander getrennt.
Und so wird es lange bleiben.

Gib mir zwei Jahre deines Lebens, damit du zu zweifeln beginnst.
Gib mir fünf Jahre, damit deine Kinder unter meiner Herrschaft geboren werden,
Gib mir noch mehr,
damit du schlussendlich verzweifelst.

Und doch tauchen öfters Männer auf,
deren Auftreten Änderung verspricht.
In Polen entsteht etwas, was nach Aufbruch aussieht.
Gomułka spricht eine neue Sprache, und die Jugend atmet auf.
Das Aufatmen der Jugend wirkt ansteckend,
und so reißt auch Ungarn die Augen weit auf.
In Budapest, auf dem Platz mit der Statue von Sándor Petőfi,
versammeln sich die Studenten.
Die Erregung nimmt zu, und Imre Nagy gibt der Hoffnung einen Namen.
Doch es ist noch zu früh.
Die Geschichte will kein freies Ungarn.
Die Geschichte will keinen Imre Nagy.
In einem Budapester Gefängnis erwartet ihn ein Strick,
mit dem man ihn aufhängt,
so wie alle Freiheiten in dem eisernen Reich.

Gib mir zwei Jahre deines Lebens,
drei Jahre und deine Kinder.
Gib mir noch ein Jahr, zwei, vier,
und das macht dann zehn …
Gib mir noch einmal zehn, und das macht dann zwanzig.
Wer kann da noch glauben, dass das einmal endet?

Es ist noch zu früh.
Der Kalte Krieg hat erst begonnen.
Dreihunderttausend Ungarn fliehen vor der Repression.
In Polen verrät Gomułka sein Volk und bringt die bleierne Zeit zurück.
Keine Freiheit,
nein,
die Geschichte hat anderes vor:
Ungeduldig erwartet sie die Nacht des 12. August 1961.

Gib mir fünf Jahre deines Lebens, und deine Eltern sterben an Altersschwäche,
deine Kinder werden Studenten.
Gib mir zwei Jahre, und dann hast du keine Kraft mehr.
Gib sie mir eines nach dem anderen,
alle deine Jahre.
Ich bekomme nie genug.

In Berlin,
da kommt sie,
diese Nacht,
und löst in der ganzen Welt Entsetzen aus.
Mit fast fünfzehntausend Mann sperren die Streitkräfte der Deutschen Demokratischen Republik die Straßen ab,
sie beginnen, Zäune aus Gitter und Stacheldraht zu errichten.

Die Mauer entsteht,
ein Streifen Beton schneidet die Stadt entzwei.
Man kann nicht mehr hinüber.
Man kann einander nicht mehr besuchen.
Von nun an lebt man so nahe und doch so fern.
Schwindelerregend sind die zwei Gangarten der Geschichte.

Gib mir zwei Jahre deines Lebens, und das macht schon so viele,
dass ich sie nicht mehr zählen kann.
Und du auch nicht.
Gib mir dein ganzes Leben
und all die Jahre, die du dir erträumt hast.

Wann endet ein Krieg?
Noch lange Zeit muss Europa lernen, mit einem halben Körper zu leben.
Und Bartoszewski spricht weiter,
mit leerem Blick,
und verflucht die Geschichte, die ihm alles geraubt hat.

Mein ganzes Leben. Seit am 1. September 1939 die ersten Bomben fielen, als die Deutschen Warschau angriffen und ich mitten in der Nacht aufwachte, bis 1989, mein ganzes Leben vom Krieg geraubt …

Nun ist sie da, die Stunde der verschleppten Dissidenten,
der geflüsterten Denunzierungen.
Unter den Augen, Ohren und Händen der Stasi
zu überleben,
das muss man erst lernen.

Gib mir noch zwei Jahre,
fünf Jahre,
gib mir jetzt alles.

Immer und immer wieder
muss man sein Leben aufs Spiel setzen,
etwas riskieren,
kämpfen,
immer und immer wieder,
damit nach fünfzig Jahren,
endlich
die Freiheit zurückkommt.
Doch die jungen Kämpfer sind zu Greisen geworden.
Sie tanzen nicht mehr,
sie küssen sich nicht mehr.
Als der Sieg da ist,
können sie nur noch weinen.

11

EIN VERTRAG ZUR GEBURT

„Niemals wieder."
Wie viele Generationen haben diese Worte ausgesprochen,
haben daran geglaubt, und doch folgten immer wieder
Rachegelüste, Eskalation, Rückkehr des Schlimmsten.
Bis zu dem Tag, an dem eine kleine Gruppe von Männern
diese Worte auf ganz neue Art sagt.
Der Feind darf nicht mehr bestraft werden, man muss sich
mit ihm verbünden.
Und da der Krieg von Kohle und Stahl befeuert wird,
muss man damit beginnen.
Die Gründerväter – die noch nicht so heißen –
reisen quer durch den Kontinent und versuchen zu
überzeugen.
Niemals wieder.
Nicht über Deutschland triumphieren,
sondern sein Schicksal an unseres binden.
Daran hatte man noch nie gedacht.
Wer sind diese Männer, die den Zusammenschluss wollen?
Monnet,
Adenauer,
Schuman,
De Gasperi,
Beyen,

Spaak,
Bech,
mehr als die Hälfte von ihnen wurde niemals gewählt.
Weder Volkstribunen noch Politiker,
nein, hohe Beamte waren sie,
in Büros und Kommissionen tätig,
an internationale Verhandlungen gewöhnt.
Am Ende des 19. Jahrhunderts wurden sie alle geboren,
zweimal schon hatten sie das große Blutvergießen erlebt.
Manche saßen im Gefängnis,
viele gingen mit ihren Regierungen ins Exil nach London.
Manche erlebten die schwere Zeit der Flucht und Vertreibung:
Grenzmenschen waren sie.
Am eigenen Leib hatten sie erfahren, was es heißt, mehreren Ländern anzugehören.
Zum Zeitpunkt seiner Geburt war De Gasperi Bürger der österreichisch-ungarischen Monarchie,
Schuman war Deutscher.
Unter ihren Füßen verschoben sich die Grenzen,
und De Gasperi wurde Italiener,
Schuman Franzose.
Europa ist also
tatsächlich ihre größere Heimat.

*„Der Tag wird kommen, an dem ihr alle, Nationen des Kontinents, ohne eure unterschiedlichen Eigenschaften und eure glorreiche Eigenheit zu verlieren, euch in einer höheren Einheit eng verschmelzen und dabei die europäische Brüderlichkeit bilden werdet.“**
Victor Hugo findet die Worte für diese fernen Träume:
„Die Vereinigten Staaten von Europa.“
Die europäische *„nation of nations“***,

die Vereinigung der verwundeten Länder, die einander
umarmen, um sich nicht weiter zu beißen.

Nach Mussolinis Faschismus,
Hitlers Nationalsozialismus,
nach dem schändlichen Regime von Pétain in Vichy,
von Quisling in Norwegen,
Anton Mussert in Holland,
Frits Clausen in Dänemark,
Georgios Tsolakoglou in Griechenland,
Milan Nedić in Serbien,
Ante Pavelić von der Ustascha-Bewegung in Kroatien,
nach ihnen allen,
verflucht sei ihrer aller Namen,
es ist der gleiche Name
der Unterwerfung und des Mitläufertums,
des Hasses und der antijüdischen Gesetze.

Nach ihnen allen,
die verurteilt werden,
Selbstmord begehen
oder im Exil enden,
muss sich Europa neu definieren, als sozialdemokratischer
politischer Raum,
auf der Grundlage von Beratungen und Kompromissen.
Die Gründerväter sind fast alle katholisch,
es ist ein christliches Europa,
ein Europa der vernünftigen Mitte,
der differenzierten Sichtweise,
des politischen Dialogs.
Ein Europa der angesehenen Persönlichkeiten,
und vielleicht ist das sein Grundübel: dass die Leidenschaft
des Volkes fehlt.

Doch nach dem Wüten des Krieges,
nach den großen Massen mit hochgerecktem Arm,
fasziniert von einem einzigen Mann,
war gerade das nötig:
eine ruhige gemeinsame Gesprächskultur.
Wie eigenartig ist doch dieses Europa.
So bringt die Geschichte doch gewöhnlich keine Länder oder Reiche hervor …
Immer gab es eine Revolution,
ein Aufflammen der Gewalt,
einen Volkswillen, der alles umstürzte.
Hier – nichts dergleichen.
Europa entstand, ohne dass das Volk auf der Straße es forderte,
und das ist neu.
Europa wurde ohne den Überschwang der Völker aufgebaut,
aus Vorsicht,
weil der Überschwang der Völker zum Verbrechen geführt hatte.
Weil die Leidenschaft in der Politik zu den großen Reden geführt hatte, die die Massen aufhetzten.
Europa entstand ohne direkte Wahl, ging es doch aus einem Chaos hervor, in dem die Völker schuldig wurden.
Die Europäische Gemeinschaft für Kohle und Stahl entstand.
Dann wurden die Römischen Verträge unterzeichnet.
Schaut euch die Fotografien von damals an:
ein langer Tisch,
mit mehr als fünfzig Personen herum,
in mehreren Reihen.
Daran werden wir uns gewöhnen:
riesige Versammlungen,
mit Unmengen von Übersetzern, Paraphen und Händeschütteln.

So läuft es von nun an ab:
lange Tage mit Absprachen,
endloses Unterzeichnen von Verträgen,
ohne Leidenschaft,
ohne Gefühlsüberschwang,
Nuancen und Kompromisse.
Europa entstand als Reaktion auf das, was dogmatisches
Denken und Geschwindigkeit gebracht hatten.
Deshalb verewigt 1957 eine Fotografie die große Tisch-
runde mit so vielen uns unbekannten Männern, die
Dokumente unterzeichnen.
Ein riesiger Verwaltungsrat, könnte man meinen,
oder ein Geschäftstreffen.
So sind wir entstanden,
weil die ideologischen Kämpfe,
die vermeintlich physische Verbindung zwischen einem
Anführer und seinem Volk
zum Selbstmord geführt hatten.

12

BARBUSIGE JUGEND

Beeilt euch!
Kommt schon! Kommt!
Viele müssen es sein!
Etwas wird sich ändern, ändert sich schon!
Spürt ihr es nicht?
Die Jugend murrt, wird ungeduldig, beginnt zu schreien:
Beeilt euch!
Kommt schon, kommt!
Es werden immer mehr.
Den Rausch der Menge erleben sie
und nehmen von der Straße Besitz.
Kommt!
Beeilt euch!
Alles wird sich ändern!
Sie singen,
lachen,
machen Lärm.
Hört sie nur.
Etwas rumort, grollt, schwillt an,
scheint Sprünge zu bekommen und zerbricht.
Manche hörten Dubček reden, am Morgen desselben
Tages,
und erzählen es den anderen.

Der Parteichef hatte von einem „*Sozialismus mit menschlichem Antlitz*“ gesprochen,
und ein Taumel erfasste die Menge:
Es ist das Eingeständnis, dass alles bisher kein menschliches Antlitz hatte,
also glauben sie daran,
kommen zusammen,
gehen gemeinsam auf die Straße
und lassen ihrer Freude freien Lauf.

Wehe denen, die zu schnell gehen.
Die Geschichte mag nicht, dass man sie drängt,
ihr einen rascheren Gang aufzwingen will.
Eine alte vertrocknete Dame ist sie, die denen, die sie hetzen,
Stockhiebe versetzt.
Eine Menschenfresserin ist sie,
fettleibig,
sie will sich von der Jugend bedienen lassen
und nicht umgekehrt.
Wehe denen, die sich täuschen.
Frühlinge gibt es, die im Feuer enden.
Der Sozialismus hat Hände, Füße,
einen ganzen Körper, der Menschen zertritt.
Augen und Ohren,
die spionieren,
überwachen,
verfolgen.
Schon will die Tschechoslowakei einen Frühling ankündigen.
Wehe denen, die sich täuschen und den Winter nicht sehen.

Es ist noch zu früh.
Die alte Menschenfresserin hat keine Lust, schneller zu gehen.

Sie wird störrisch,
wittert vielleicht Blut
und das gefällt ihr.
Die Reaktionäre werden gewinnen, nicht die Jugend.
Die „Normalisierung“ ist im Gange,
und die Panzer rollen über das Straßenpflaster.
Zurück zur Ausgangssituation,
als der Sozialismus kein menschliches Antlitz hatte.
So lautet die Breschnew-Doktrin:
„Die Schwächung eines einzelnen Gliedes des sozialistischen Weltsystems wirkt sich direkt auf alle sozialistischen Länder aus.“
Kein Land darf beim Appell fehlen.
Keines darf sich davonstehlen oder aussteigen.
Wenn eines sich ändert, dann stürzen alle.
Rennt, ihr jungen Leute,
beeilt euch,
los, schneller!
Rennt, um dem Kugelhagel zu entkommen!
Die Panzer fahren ein in Prag,
und der Frühling fällt aus.
Der Wenzelsplatz blickt auf die Tschechoslowakei,
    die leiden wird,
auf die Jugend, die schweigen wird,
auf Dubček, der sein ganzes Leben lang von der Polizei
    schikaniert und überwacht wird.
1848 war dieser Platz ein Symbol,
seither wartet er darauf,
dass Jan Palach auf seinem Pflaster sterben wird.

Ich komme. Jahre später. Ich trete auf den Platz. Ich bin blass. Würde mich jemand ansehen, würde es ihm auffallen, aber in diesem Augenblick sieht mich niemand an. Ich bin

Jan Palach, und ich werde sterben. Ich muss mich konzentrieren. Ich spüre, dass ich leichenblass bin, aber das spielt keine Rolle. Niemand sieht mich. Niemand bemerkt mich, weil ich jung bin, und niemand kann sich vorstellen, dass ein so junger Mensch gleich wie eine Fackel brennen wird. Ich gehe eine Runde über den Platz, meine Jugend schützt mich. Ich sehe die nicht an, die mir über den Weg laufen. Ich möchte es nicht riskieren, jetzt zu versagen. Ich bin Jan Palach, und in wenigen Augenblicken werde ich brennen, um ein Land aufzuwecken und die Aufmerksamkeit der ganzen Welt auf mich zu ziehen. Ich werde brennen, um die alten Tyrannen aufzurütteln, damit sie keine Ruhe mehr finden und andere junge Leute in den Nächten der Revolte einen Namen aussprechen können. Denn es wird weitere nächtliche Revolten geben. Die Wut nährt sich vom Körper der jungen Leute. Deshalb gebe ich den meinen hin. Das tue ich. Ich bin Jan Palach. Ich habe meinem Land sonst nichts zu geben als meinen Tod. Und alle, die bald an mir vorbeigehen, alle, die noch nie von mir gehört haben, werden mich kennen. Feuer wird mein Name sein. Wut wird mein Name sein. Ich bin leichenblass, aber ich tue es. Ich denke an nichts mehr. Ich tue es, ich sage der Welt Lebewohl und dem Schmerz, weil ich sterbe.

Der Wenzelsplatz sieht, wie der Körper Feuer fängt,
vor den fassungslosen Fußgängern in Flammen aufgeht
und schließlich vollständig verkohlt.
Der Wenzelsplatz sieht, wie man die Leiche wegschafft.
An allen Kreuzungen stellen die Behörden Polizisten auf,
sie fürchten spontane Unruhen oder weitere Selbst-
verbrennungen.
Dann die „Rückkehr zur Ruhe“,
das heißt, das Volk wird erneut geknebelt,

die Rückkehr zur Untätigkeit,
zur Angst.
„Unterwerfung“ heißt es tagtäglich.
Zwanzig Jahre muss man warten, bis der Frühling zurückkehrt,
zwanzig Jahre, bis die alte Dame sich endlich dazu herablässt, den Wandel zu akzeptieren.
Der Wenzelsplatz wartet,
er weiß, dass eines Tages Václav Havel die Menge begrüßen wird,
mit dem alten Dubček an seiner Seite,
herausgeholt aus der Versenkung seines beengten Lebens.
Doch zwanzig Jahre sind lange,
lang, um auf die Geschichte zu warten.
Die Menschen werden alt,
und das Leben geht vorbei.

So nah, so fern.
Prag und Paris.
Im selben Jahr,
mit den gleichen Worten:
Kommt!
Beeilt euch,
Viele müssen wir sein!
Prag und Paris.
Die gleiche Jugend.
Doch Niederschlagung der Revolte auf der einen Seite,
Freude auf der anderen.
Wiederherstellung der Ordnung auf der einen Seite,
Ausbruch aus der Ordnung auf der anderen.
Im selben Jahr wird das Quartier Latin zu einem lärmenden Hörsaal,
in dem Tische und Stühle umgeworfen werden

und Pflastersteine leichter sind als Parolen.
Europa entdeckt eine Jugend,
die keine Lust hat, respektvoll zu sein,
darauf zu warten, dass sie zu Wort kommen darf,
keine Lust, ihren Platz in Papas Welt einzunehmen,
die alles umstürzen will,
sogar die Helden.
In den Straßen der Hauptstadt werden wieder Barrikaden errichtet.
Paris zeigt sich wieder erfindungsreich,
überraschend
und bezaubernd.

Zum Teufel mit den alten Regeln und guten Manieren!
Zum Teufel mit dem Familienvater, der beim Abendessen seine Zeitung liest,
zum Teufel mit den Anweisungen,
mit allen Anweisungen:
„Halte dich gerade",
„Ein Mädchen aus guter Familie sagt so etwas nicht!"
Zum Teufel mit der aufgezwungenen, bestehenden Ordnung!
Zum Teufel mit dem vorgezeichneten Weg: Ehefrau, Mutter und betrogene Gattin!
Zum Teufel mit der Eintönigkeit eines Lebens im Schatten!
Mit Folgsamkeit und Büstenhalter!
Mit der Anweisung, brav zu sein, höflich und liebevoll.
Zum Teufel mit der bürgerlichen Einengung des ganzen Lebens!
Wir wollen einen Körper,
um Lust zu erleben,
zu weinen
oder zärtlich zu sein.

Einen Körper,
um das Leben zu spüren,
voll und ganz,
mit breitem Lächeln
und trunkenem Blick!

Was da entsteht,
das ist schon etwas.
Paris wird zum Herzen eines fröhlichen Aufstands,
unbeschwert,
der Pflastersteine wirft
und Grimassen schneidet.
Was da entsteht,
ist der ungezügelte Protest gegen die Konsumgesellschaft,
unsere allesfressende Gesellschaft,
gegen die Entfremdung der Menschen, die zu Maschinen geworden sind,
die produzieren, konsumieren und funktionieren.
Die Wut wächst angesichts des falschen Lebens:
Sparen und Wohlstand,
Anzugweste und Wollstrumpf.
Vernünftig soll man sein, an die Zukunft denken, sparen.
Zuerst gute Schulnoten haben, dann eine liebende Ehefrau wählen,
seine ersten Schritte in der großen Welt tun, dann Vorstandsmitglied werden …
Die Zeit des Wirtschaftsbooms und der kleinen Tricksereien.
Der Triumph der Mittelschicht.
Kühlschrank, Waschmaschine, Christdemokraten im Dreiteiler!
Zum Glück gibt es diesen ganz einfachen Satz: „Du sollst dein Leben nicht beim Geldverdienen vertun.“

Das sollte reichen:
Das setzt sich im Kopf fest und untergräbt langsam das
Denken.
Verlorenes Leben trotz untadeliger Arbeit.
Existenzen von geordneter Nutzlosigkeit.
Leben ist das nicht, Leben ist küssen, rennen, leiden,
umarmen.
Unentwegt Neues wollen.
Intensität!
Intensität!

In diesen Tagen verlangen die Söhne Rechenschaft von
ihren Vätern,
in Deutschland,
in Italien.
Die Söhne stellen verbotene Fragen,
schreien ihre Wut heraus, dass sie Kinder des Schweigens
waren.
Im Mai 68 zeigt sich
ein Europa des Aufbruchs,
rebellisch,
frech,
das einen wieder träumen lässt.
Der Mai 68 zeigte den alten Statuen den nackten Busen,
und diese Geste ist nicht messbar in politischer
Effizienz.
Das Volk war glücklich, Volk zu sein,
jung zu sein.
Der Mai 68 zeigte der ganzen Welt seinen nackten Busen.
Sagt nicht, dass es eine gescheiterte Revolution war,
es war viel mehr,
es war das Leben, das die politische Welt daran erinnert,
wie lebenswichtig das Leben ist.

Die Jugend tanzt,
denn sie weiß, sie hat gewonnen.
Sie tanzt,
wie sie immer tanzt,
wenn sie spürt,
dass sie die lebendige Statue der Freiheit ist.

13

DER WALZER DER ALTEN GENERÄLE

Möchten Sie tanzen? Nein? …

Die alten Generäle mögen keine Lieder.
Sie verachten sie.
Und das ist ihr größter Irrtum,
denn stets werden sie von einem Lied besiegt …
Doch sie glauben es nicht,
nichts kann sie davon überzeugen.
Dabei hat man sie doch gewarnt,
ihnen Fotos und Tonaufnahmen gebracht.
Sie betrachten die Sänger
und finden sie schmutzig, grotesk, mit verweichlichten Zügen.
Selbstsicher erklären sie, diese Muttersöhnchen würden sich in die Hose machen, sobald man ihnen die Staatssicherheit ins Haus schickt.
Was verstanden die griechischen Obristen schon von Mikis Theodorakis und Maria Farantouri?
Nur ein junges Mädchen mit langen Haaren sahen sie,
und das war ihr Fehler.
Das Lied *To Yelasto Pedi* sollte das Ende ihres Regimes einläuten.
Immer bekommen die Mauern durch ein Lied Risse.

Am 25. April 1974
wird fünfzehn Minuten nach Mitternacht
auf Radio Renascença,
Grândola, Vila Morena
von Zeca Afonso gesendet,
ein Lied, das unter Salazars Regime verboten ist.
Fünfzehn Minuten nach Mitternacht
ist dieses Lied
für alle Offiziere in allen Kasernen
das Signal, auf das sie warteten:
Der Befehl, auszurücken und die Stadt in Besitz zu nehmen.
Fassungslos über die Vorgänge verschanzt sich Marcelo Caetano in der Kaserne am Largo do Carmo.
Alles geht schnell, wenn das ganze Volk ein- und dasselbe Lied singt,
das von Zeca Afonso steigt vom Bairro Alto Monte hinab bis nach Alfama,
läuft durch ganz Portugal.
Die alten Generäle nehmen sich nie genug vor den Liedern in Acht.
Sie verbieten sie im staatlichen Rundfunk
und glauben, das reicht.
Spricht man sie erneut darauf an,
verbannen sie die Sänger ins Ausland.
Doch das hindert Lluis Llach nicht daran, *L'Estaca* zu komponieren.
„*Si tu l'estires fort per aqui*
I jo estiro fort per allà
Segur que tomba, tomba, tomba
I ens podrem alliberar"

Wenn du dort ziehst
und ich da …

Genau das tun die Völker am Mittelmeer.
Portugal,
Spanien,
Griechenland
Tomba, tomba, tomba …
Und dann fällt das Regime.
Die alten Generäle trauen ihren Augen nicht.
Junge Leute mit zerzausten Haaren,
Burschen, wie Mädchen gekleidet,
Mädchen, die ihre Beine zeigen,
fordern sie heraus, singen und haben keine Angst mehr.
Tomba, tomba, tomba …
Von einem Land ins andere wandern die Lieder,
nichts kann sie aufhalten.
Von Lluís Llach hatte Jaruzelski bestimmt noch nie etwas gehört,
bis ein naher Berater mit betretener Miene sein Büro betritt,
ihm von Jacek Kaczmarski erzählt
und von diesem Lied: *Mury,*
das die Streikenden der Solidarność in Aufruhr versetzt.
Es ist das Lied von Lluis Llach,
ins Polnische übersetzt.
Von Mauern, von Pfählen erzählt es, von allem, was man einreißen muss.
Und plötzlich sind die Lieder in aller Munde und auf allen Straßen,
auf Katalanisch
oder Polnisch,
runą, runą, runą …
Nichts kann sie mehr aufhalten.
Es ist der gleiche Aufruf, das Alte niederzureißen:
Wenn du dort ziehst
und ich da,

wenn wir alle gemeinsam ziehen,
dann werden sie stürzen.
Ob Franco oder Jaruzelski.
Wartet nicht, bis sie sterben,
Generäle leben lange.
Von den Körpern, die sie vernichten, ernähren sie sich.
Seht euch Franco an: dreiundachtzig Jahre,
Salazar: einundachtzig,
Jaruzelski: einundneunzig,
die vier griechischen Obristen,
Makarezos: neunzig Jahre, Papadopoulos: achtzig, Ioannidis: siebenundachtzig
und Pattakos: hundertdrei.
Wartet nicht, bis sie sterben.
Stürzt sie!
Verflucht seien ihre Namen und ihre alten Knochen,
die Lieder sind stärker als alles.
Verflucht sie,
mit eurem jungen strahlenden Lächeln.
Singt
auf den Straßen,
in den Cafés,
besingt den Sieg, dass ihr so viele seid.
Die Toten singen mit euch.
Die man in den Kerkern getötet hat,
sie stimmen in euren Chor mit ein,
schließen sich euch an
und bringen alles ins Wanken.
Weint,
tanzt,
freut euch, Völker.
Die Generäle stürzen,
und eure Kampfgesänge werden zu Hymnen der Freiheit.

14

FREUDE UND GLEICHGÜLTIGKEIT

Doch jetzt kommt Freude auf.
Da ist sie und drängt kraftvoll heraus.
Europa ist seine faschistischen Patriarchen los,
doch die Regime des Ostblocks sind noch da.
Solidarność wird aktiv,
die Anhänger werden immer mehr.
Danzig fordert die Machthaber heraus.
Tausende Werftarbeiter stellen sich gegen das Regime.
Nicht die Studenten des Prager Frühlings sind es,
die die Machthaber verächtlich als „Kleinbürger" abtun
konnten,
jetzt sind es die Arbeiter: das Herzstück des Regimes.
Die Machthaber sind so alt,
schon so lange da,
mit allen Wassern gewaschen,
an so vielen Morden beteiligt.
Wer kann es glauben, dass sie stürzen?
Niemand, bis sie stürzen.
Niemand bis zum allerletzten Augenblick.
Und als es soweit ist,
kann man es gar nicht fassen.
Noch eine Stunde zuvor
fürchtete man das gewaltsame Vorgehen der Polizei.

Und da, auf einmal,
am 9. November 1989,
fällt und stürzt alles in sich zusammen.
Junge Leute erklimmen die Mauer, die sie am Vortag
noch so ängstigte,
rittlings sitzen sie oben
und schlagen darauf mit allem, was sie finden können …
Also ist es doch möglich?
Niemand kommt dabei ums Leben?
Niemand wird eingesperrt, wenn er darauf schlägt,
mit einem Hammer, einer Schaufel, einem Prügel,
oder einfach mit der flachen Hand?
Fassungslosigkeit vor dem Ende des so lange gefürchteten
Regimes,
das so lange im Schatten operierte, Menschen belauschte
und denunzierte.
Überraschung über seine plötzliche Ohnmacht.
Hört nur die dröhnende Leere.
Vom Geräusch der Leere hallen die Kasernen wider.
Die früher unzugänglichen Paläste sind nun verwaist.
Von überall her ertönt der Ruf des Volkes.
Von Prag bis Berlin,
von Warschau bis Bukarest.
Alle, die man fürchtete,
die Honeckers, Jaruzelskis, Ceauşescus,
verflucht seien ihre Namen,
sie alle, die so groß erschienen,
wurden mit einem Schlag ganz klein,
nicht wiederzuerkennen,
beinahe bemitleidenswert.
Ihren Gesichtern sieht man es an,
ihrer schuldbewussten Miene.
Man sieht es, und es gibt dem Volk auf der Straße Kraft:

Die Generäle sind alt,
und ihre Zeit ist vorbei.
Doch in der Geschichte währt die Freude nicht lang.
Keine Ruhepause, um Luft zu holen.
Alles geht so schnell.
Die Tyrannen stürzen,
und beim Einstürzen ihrer Paläste hört man schon das
Grollen der Kämpfe von morgen.
Aus der Freiheit entsteht manchmal Krieg,
und aus der Freude Gleichgültigkeit.
Kaum ist die Mauer gefallen,
entsteht ein neuer Konflikt,
So nahe,
so schnell.
Der erste Krieg in Europa seit dem Zweiten Weltkrieg.
Und er trägt den Namen eines Landes, das es nicht mehr
gibt,
sechs unabhängige Staaten gehen aus ihm hervor:
Jugoslawien.
Alles gerät in Brand.
Wieder Krieg.
Man sagt es,
man schreibt es,
wiederholt es in den Nachrichtensendungen:
„Zwei Flugstunden von Paris entfernt bringt man einander
um."
Doch Europa will nicht hinsehen.
Gleichgültigkeit macht sich breit.
Immer wieder ist vom „Balkan" die Rede,
um zu sagen, dass die Gegend ein Pulverfass ist.
Von Anfang an ein Vulkan,
der alles verschlingt, was sich dort einmischt.
Europa tut also das, was es am besten kann:

Es rührt sich nicht, diskutiert, konferiert und erlässt
Gesetze.
Izetbegović kann sich die Seele aus dem Leib schreien,
als er Waffen verlangt.
Männer treten auf, mit dem bekannten Gesicht selbst-
zufriedener Mörder:
Milošević
Karadžić,
Mladić,
Verflucht seien ihre Namen,
Theoretiker der Gebietsaufteilung
und der ethnischen Säuberung.
Schon wieder?
So schnell?
Dabei hatte es doch geheißen: „Niemals wieder"?
Ja, aber die Lager sind da,
in denen ausgemergelte Körper auftauchen,
also muss man wohl sagen:
Schon wieder.
So schnell nach der Freude.
Dörfer werden gesäubert und verschwinden von der
Landkarte.
Schon wieder.
Gräben, ausgehoben am Waldesrand,
in die man bei Morgengrauen die getöteten Zivilisten wirft.
Gedemütigt und schon wieder getötet …
Schon wieder.
Krieg in Europa.
Dabei war es doch erst gestern.
Und was passiert?
Nichts!
Srebrenica stirbt,
Sarajewo stirbt,

und wir entdecken
unsere schier unermessliche Gleichgültigkeit.

Europa versteht es so gut zu zögern.
Hässliches Gesicht,
bequeme Ohnmacht.
Den Wunsch, nicht zu handeln, kennen wir so gut.
Er ist da, in uns,
weil wir so viele sind,
weil die Welt so komplex ist,
er kommt unserer Bequemlichkeit entgegen.
Er ist da,
bei Tag und bei Nacht,
er ist unser ärgster Feind.
Gleichgültigkeit erfasst die erschöpften Völker.
Und lässt sie verkümmern, macht sie klein …
Was vermag Europa gegen die Erschöpfung seiner eigenen Völker?
Solange der Kontinent unter Kriegen und Unterdrückung litt,
wollten die Bürger den Frieden.
Heute haben sie ihn,
und die parlamentarische Demokratie langweilt sie.
Sie möchten einen Anführer, einen starken Mann …
Doch wohin führen uns die Anführer?
Wir wissen es …
Mehr als alle anderen sollten wir uns vor Völkern in Acht nehmen,
die vor Heilsbringern ehrfürchtig erstarren.
Doch was vermag Europa gegen die freiwillige Knechtschaft?
Was vermag Europa gegen uns
oder ohne uns?

15

ERWEITERUNG

Riesig groß ist das Gebiet, und wir kennen einander nicht.
Einen Kontinent gilt es zu erkunden.
Der Fall der Berliner Mauer öffnet zwei Welten füreinander.
Unfassbar, aufeinander zugehen und sich umarmen zu
können.
Ihr redet von einer Erweiterung, die zu schnell erfolgt ist?
Von einem Beitritt, der schrittweise hätte stattfinden sollen?
Doch wie wäre das möglich gewesen?
Hätte man zu den wiedergefundenen Brüdern sagen sollen:
„Wartet noch …"
Zu den Menschen, die vierzig Jahre Angst hinter sich hatten:
„Geduldet euch"?
1989
setzte Europa ein breites Lächeln auf,
stolz,
wie noch nie zuvor.

Riesig groß ist das Gebiet,
und wir kennen einander nicht.
Man muss es durchreisen, man kann sich mit jedem
zurückgelegten Kilometer mehr als Europäer fühlen.
Schaut es nur an, unser großes Gebiet,
das Europa der Birken und das der Olivenbäume,

das Europa der Kathedralen und das der Tempel.
Im Norden der Backstein,
im Süden der Kalk.
Feigen und Heidelbeeren.
Alles ist riesig groß,
und wir leben Seite an Seite,
Länder mit Bier, Länder mit Wein,
Tee und Kaffee,
Kühe und Ziegen.
Das Licht eines Leon Spilliaert
und das Rot der Etrusker.
Das Europa, dem Atlantik zugewandt,
und das mit dem Blick Richtung Istanbul.
All das sind wir.

Riesig groß ist das Gebiet, und wir kennen einander nicht.
Wir sprechen nicht die gleiche Sprache,
Mosaiksteine aus Licht sind wir.
Vom Aschgrau der Länder des Nordens bis
zum Sonnenweiß des Mittelmeers,
vom Regen Irlands bis zur Sierra Andalusiens,
von den holländischen Poldern
bis zum Monte Pellegrino in Sizilien,
aufgesplittert sind wir in Farben, Akzente und Geschichten.

Wer sind wir jetzt?
Eine Nation aus Nationen, riesig groß und unterschiedlich,
auf der Suche nach einem gemeinsamen Fundament.
Sind wir Christen?
Kann man uns dadurch definieren?
Nein.
Nicht das Christentum charakterisiert Europa am besten,
sondern seine Entwicklung im Laufe der Zeit:

Der Übergang von einer allmächtigen Religion hin zu
einem privaten Glauben,
der der Macht abschwört
und das Zusammenleben von Gläubigen und
Nicht-Gläubigen ermöglicht.
Wer sind wir jetzt?
Kinder der dunklen Stunden,
doch auch der Pietätlosigkeit.
Wir haben die Freiheit, nicht zu glauben,
frei zu leben,
so frei wie möglich,
das heißt, nur als Gefangene unserer eigenen Qualen,
unserer eigenen Begierden.
Die Freiheit, Kirchen zu lieben, ohne Religionen zu lieben,
zu meinen, dass diese der Menschheit mehr Blut gebracht
haben als Trost,
mehr erniedrigende Zwänge als geistigen Reichtum.
Die Freiheit, unsere eigene Ethik zu schaffen,
als inneren Kompass, der immer von neuem darüber
entscheidet,
was den Menschen ausmacht, was ihn groß macht und was
nicht,
ihm Würde verleiht und was nicht.
Zu viele Bartholomäusnächte,
zu viele Dreißigjährige Kriege,
zu viel Blutvergießen,
verbrannte Scheunen,
Scheiterhaufen, auf denen Bücher, Ideen und Ketzer zu
Tode kamen,
zu viele Menschenleben, eingeengt in Konventionen,
gehemmte Energien
unterdrücktes Streben.
Das heißt also,

kein Merkmal der Mehrheit reicht aus, uns zu definieren,
sonst wären wir:
Weiße,
Christen
und alt.
Kinder eines religiösen Raums sind wir, der so zerrissen wurde,
so viele innere Kämpfe erlebt hat,
dass er schließlich an Boden verlor
und das Feld seiner politischen Allmacht räumen musste,
und das ist gut so.
Kinder dieses Rückzugs sind wir,
des Zusammenlebens mit anderen
und vor allem
der Möglichkeit, keine Religion zu haben.
Spürt ihr die Ratlosigkeit, wenn sie diese Frage stellen, ein wenig enttäuscht, zu höflich, um entrüstet zu sein, doch im Grunde betrübt: „Nein, wirklich, Sie sind also gar nichts?“
Weder evangelisch,
noch katholisch
noch orthodox,
nichts, nein,
nichts anderes
als humanistisch.

Wer sind wir jetzt?
Unsere Gemeinsamkeit besteht darin,
dass wir durchs Feuer gegangen sind,
dass wir, jeder von uns,
Henker und Opfer waren.
Geknebelte Jugend und blutbefleckte Hände.
Unsere Gemeinsamkeit ist der ruhelose Humanismus.

Wir wissen, was der Mensch dem Menschen antun kann.
Wir kennen den Abgrund,
wir wurden in seine Tiefe gezogen.
Dass wir ein angstbeladenes Volk sind, das verbindet uns,
ein Volk, das weiß, dass etwas Dunkles in ihm wohnt.
Europa ist eine Geographie, die zur Philosophie,
eine Vergangenheit, die Kompass werden will.
Ein Gebiet mit fünfhundert Millionen Einwohnern,
das beschlossen hat, die Todesstrafe abzuschaffen,
die persönlichen Freiheiten zu verteidigen,
das Recht zu verkünden, zu lieben, wen wir wollen,
die Freiheit, zu glauben oder nicht zu glauben.
Humanisten sind wir, und das muss sich in unseren
Entscheidungen zeigen.
Nicht nur ein einziger Gott in Europa,
nicht ein Pantheon, vor dem man sich hinknien muss.
Riesig groß ist das Gebiet und soll es bleiben.
Einen Kontinent Babel haben wir errichtet,
seltsam und kompliziert,
den nur dieses fein ausgewogene Gleichgewicht
zwischen Unabhängigkeit und Brüderlichkeit zusammenhält.

16

GROSSES FEST

*Jede Generation muss in einer relativen Finsternis ihre Mission erkennen und sie entweder erfüllen oder verraten.**

Haben wir die Worte von Frantz Fanon vergessen?
Haben wir vergessen, dass wir von der Warte der Geschichte aus eine Generation sind?
Dass wir vor der Geschichte nach unserem Mut oder unserem Versagen beurteilt werden?
Haben wir vergessen, dass wir nicht nur eine Menge von Individuen sind, die nach ihrem Glück streben,
sondern eine Gemeinschaft, die ihrer Zeit neue Ideen bringen soll?
Macht uns das Wort „Mission" Angst?
Wir empfinden es als erdrückend.
Doch es verschwindet nicht, wenn wir es zurückweisen.
Es zurückzuweisen, heißt einfach, es bewusst zu verraten.

Ein großes Fest.
Das brauchen wir jetzt.
Leidenschaft
in Wort und Fleisch.
Ein großes Fest,
kommt,

so viele wie möglich,
bringt alles Nötige mit, zum Feiern und Diskutieren.
Darin besteht unsere Mission:
Die Völker ins Herz Europas zurückzuholen.
Sie mit ihrer Wut, ihren Utopien einzuladen,
denn nichts wurde je ohne sie erreicht.
Zu lange hielt Europa sich von der lärmenden Masse der Völker fern
und fürchtete ihre schlechte Laune,
ihre blutigen Schläge,
zu stark war die Erfahrung des kollektiven Wahnsinns,
Europa versuchte, ein Gebilde zu schaffen, das auf Vernunft basiert,
doch vergaß dabei den Lebenssaft
und läuft nun Gefahr, ein großer blutleerer Körper zu werden.

Los,
kommt herbei
zum großen Fest!
Den Schwung der Völker müssen wir zurückholen.
Geordnet geht das nicht vor sich
und auch nicht gemächlich.
Völker gehen ruckartig vorwärts und stoßen dabei Tische um,
doch wenn Europa keine Begeisterung zeigt, wird es sterben.

Los,
beeilt euch.
Ein großes Fest,
das ist unsere Mission:
Uns etwas Besseres einfallen lassen als die überbordende Bürokratie.

Weg mit den vielen Verordnungen und Vereinheitlichungen.
Wir verdienen größere Träume.

Los,
kommt näher,
zum großen Fest der Völker, die Wut muss heraus.
Die Wut über die Vierte Welt hier in Europa
über die schleichende Verarmung im Schatten des Wohlstands.
Europa kann sich nicht damit begnügen,
eine neue Hanse wohlhabender Großstädte zu sein,
die untereinander Güter und Reichtümer tauschen.
Denn verlassene Gegenden gibt es auch hier,
ferngehalten von jedem Fortschritt.
Was ist Europa für sie?
Nichts als Missachtung,
jedes Lächeln der Moderne ein höhnisches Grinsen.
Europa hat nur dann einen Sinn, wenn es Sorge trägt für die, die sich abplagen Tag für Tag.

Wut über die Missachtung des Votums der Völker,
die manchmal Nein sagen,
die manchmal verwerfen, was ihnen vorgeschlagen wurde,
und deren Stimme missachtet wird.
Verlogene Volksabstimmungen,
Täuschung des Wahlvolks.
Missbrauch der Demokratie, wenn man sich über die Ablehnung hinwegsetzt.
Kleinliche Abmachungen im Hinterzimmer,
bei denen die Nation, die ihre Absichten verschleiern will,
sich ins eigene Fleisch schneidet
und für lange Zeit jede Legitimität verspielt.

Wut auf dieses Europa, das keine staatliche Gastfreundschaft zustande bringt.
Die Flüchtlinge sterben im Mittelmeer,
weil Europa für sie das Ziel ihrer Träume ist.
Sie besteigen seeuntaugliche Boote,
bereit, alles zu verlieren,
und wir
begegnen ihnen mit Misstrauen
und Argwohn,
schließen unsere Häfen,
versuchen, sie loszuwerden.

Wut angesichts des kleinlichen Egoismus der Nationen, die sich einigen, eine bestimmter Quoten von Männern und Frauen aufzunehmen.
Doch manche wollen da nicht mittun,
wehren sich,
wollen nichts mehr davon hören und schlagen die Tür zu.
Andere feilschen schäbig, versuchen, ihren Anteil herunterzuhandeln …
Warum sind wir so ängstlich?
Fünfhundert Millionen Europäer sind wir –
gibt uns diese Zahl denn gar keine Kraft?
Sind wir so schwach?
Zur eigenen Beruhigung würde es doch reichen, den Flüchtlingen in die Augen zu sehen.
Für sie ist Europa ein sicherer Boden, eine schützende Macht,
die Aussicht auf ein frei gewähltes Leben.

Ein großes Fest.
Jetzt ist es an der Zeit,
alle Ideen einzubringen,
sie vermischen.

Ein großes Fest mit viel Krach
und ungleichen Kräfteverhältnissen.
Durchgerüttelt muss alles werden,
sonst haben die Aufwiegler zum Hass ein leichtes Spiel.

Es ist Zeit, Neues zu erfinden.
Wir wollen weg vom dauernden Wachstum.
Erinnert ihr euch noch an die Überhitzung?
Hü, ihr Zugmaschinen!
Schneller, stärker!
Wohin der übertriebene Konkurrenzkampf führt
und die rücksichtslose Gier, das wissen wir.
Wir können die größte Zone einer Wirtschaft mit
Augenmaß sein.
An unserer Gier geht die Erde zugrunde,
an der Begierde, immer tiefer zu graben.
Erdölschächte,
Schiefergas,
Tagebau,
versiegende fossile Energien.
Wir können etwas anderes erfinden als den brutalen
Liberalismus,
der seine Muskeln spielen lässt.

Noch einmal,
kommt,
viele müssen wir sein
und die Utopien laut hinausrufen!
Unsere Nation der Nationen muss ein neues Ziel haben:
Nicht mehr die Welt beherrschen,
wie damals, als wir die Macht innehatten
und unumschränkt herrschten,
überheblich und skrupellos,

als wir die Völker und ihre Schätze ausbeuteten.
Genauso hässlich waren wir wie die, die heute regieren.
Und dann sind wir gestorben.
Imperien stürzen, zerfallen und verschwinden.
Was Untergang ist, wissen wir.
Oft und oft sind wir gestorben.
Herrschen,
dann verschwinden …
Herrschen,
dann verschwinden …
Kann man aus diesen Stunden der Ohnmacht eine Lehre ziehen?
Heute möchten wir wieder stark und wohlhabend sein.
Doch immer noch gibt es unter den Staaten Proletarier.
Wird unser Fortschritt einmal mehr in ihrer Ausbeutung bestehen?
Können wir immer nur im ewig gleichen Kreislauf von Herrschaft leben,
bei dem allein die jeweiligen Rohstoffe wechseln?
Ist das unser Plan: Beherrschen? Was so viel heißt wie unterdrücken …
Wir haben größere Träume,
wollen ein ausgewogenes Verhältnis finden,
ohne versteckte Ausbeutung,
damit die gedemütigten Völker nicht – wie schon tausende Male zuvor –
mit Füßen getreten werden.

Kommt,
beeilt euch,
mit Getöse und Utopien,
bringt alles mit,

damit Europa wieder zur Herzensangelegenheit der Völker
wird.
Wie schön wird das sein.
Kommt näher,
heizen, drehen,
wie zu Beginn,
doch diesmal nicht von Dampf und Schweiß angetrieben,
nein, von Ungestüm und neuen Ideen.
Heizen, drehen.
Das wollen wir:
dass die Begeisterung zurückkehrt
und Europa lebendig wird,
sich ändert
und für die ganze Welt
von neuem
zu einem strahlenden Bild wird
von Kühnheit,
Geist
und Freiheit.

ANMERKUNGEN

S. 19* *L'année terrible*, Gedicht von Victor Hugo, geschrieben 1871

S. 20* *The New Colossus*, Gedicht von Emma Lazarus, geschrieben 1883

S. 41* *King Leopold's Soliloquy* von Mark Twain

S. 41** *The Crime of the Congo* von Arthur Conan Doyle

S. 46* *Die schlaflose Welt* von Stefan Zweig

S. 52* *Ceux de Liège*, Gedicht von Emile Verhaeren, veröffentlicht 1916

S. 52** Am 22. August 1914

S. 55* *If*, Gedicht von Rudyard Kipling

S. 58* Letzte große Schlacht an der Ostfront im Jahr 1917 zwischen Rumänen und Deutschen

S. 58** Italienische Niederlage gegen die deutsch-österreichischen Truppen 1917

S. 58*** Ort einer Schlacht 1916 zwischen Rumänen und Bulgaren, die mit dem Sieg Bulgariens endet

S. 66* *Die schlaflose Welt* von Stefan Zweig

S. 72* *Il fait beau à Paris aujourd'hui*, französischer Titel der Autobiografie von Fred Uhlman

S. 76* Rede Winston Churchills vom 4. Juni 1940 vor dem House of Commons

S. 77* *Briefe an einen deutschen Freund* von Albert Camus

S. 80* Deutsch im Original

S. 104* Rede Victor Hugos beim Friedenskongress in Paris, 1849, in der offiziellen Übersetzung

S. 104** Von Walt Whitman in *By Blue Ontario's Shore* verwendeter Ausdruck zur Definition der Vereinigten Staaten

S. 132* *Les Damnés de la Terre* (dt. *Die Verdammten dieser Erde*, Ü.: Traugott König, Suhrkamp) von Frantz Fanon

Dieses Buch erschien im französischen Original unter dem Titel *Nous, l'Europe – banquet des peuples* 2019 im Verlag ACTES SUD in Arles.
Wir danken dem Künstler Pierre Marie Brisson für die Erlaubnis, sein Bild *Au bord du Fleuve* (2015) zur Cover-Illustration zu nutzen, sowie Susanne Moldau für ihre Unterstützung bei der Übersetzung

ISBN 978-3-949262-06-7

Umschlaggestaltung: Gisela Kirschberg, Berlin
Satz und Gestaltung: Gisela Kirschberg, Berlin
Druck: GGP Media GmbH, Pößneck
Gesetzt aus der Mignon und der Frutiger

Kofinanziert durch das
Programm Kreatives Europa
der Europäischen Union

INSTITUT FRANÇAIS
Deutschland

Dieses Buch erscheint im Rahmen des Förderprogramms des französischen Außenministeriums, vertreten durch die Kulturabteilung der französischen Botschaft in Berlin.